Kevjal
Hakkı Açıkalın

D1694261

CİNİUS YAYINLARI

Moda Caddesi Borucu Han No: 20 Daire: 504-505
Kadıköy 34710 İstanbul
Tel: (216) 5505078
http://www.ciniusyayinlari.com
iletisim@ciniusyayinlari.com

Hakkı Açıkalın
KEVJAL

BİRİNCİ BASKI: Mart, 2017

ISBN 978-605-323-974-1

Baskı ve cilt:
Cinius Sosyal Matbaası
Çatalçeşme Sokak No:1/1
Eminönü, İstanbul
Tel: (212) 528 33 14

Sertifika No: 12640

© HAKKI AÇIKALIN, 2017

© CİNİUS YAYINLARI, 2017

Tüm hakları saklıdır.
Bu yayının hiçbir bölümü yazarın yazılı ön izni olmaksızın,
herhangi bir şekilde yeniden üretilemez,
basılı ya da dijital yollarla çoğaltılamaz.
Kısa alıntılarda mutlaka kaynak belirtilmelidir.

Printed in Türkiye

KEVJAL

HAKKI AÇIKALIN

Cinius Yayınları

Bu kitap Esra YILDIRIM AÇIKALIN'a ithaf edilmiştir.

Je te suis infiniment reconnaissant
χαῖρε, κεχαριτωμένη ΕΣΡΑ

Bu kitaba neden cesaret ettiğim bilinsin isterim: bu ülkede beni yargılayabilecek bir San'ât – Edebiyat mahkemesinin olmamasından...

Bir tragedyanın iyi mi kötü mü olduğunu söylemesini bilen, bir destanın da iyi veya kötü olduğunu bilir. *Aristotelis*'in Poetikası'nda böyle diyor. Bu, tasnif kitabı denilen eserde aslında ve herhâlde, bölümlendirmenin diyalektiğini görüyoruz ya da bana öyle geliyor. Dierez demeyi serbest bırakıyorum.

Poetika'nın ilk sözleri *perî poiitikîs autis te kai ton eidon atîs* biçimindedir yani şiir san'âtının kendisi ve türleri.

Devamla *osper gar kai xromasi kai sximasi pola mimountai tines apikazountes* – hepsi, bazılarının esyayı renklerle ve formlarla temsil etmek suretiyle taklid ettiği üzere...

Edepsizlik mi ettim? Kesindir ve kat'îyyen.

Bu kitap bir Baudelaire kitabı değildir ve bu kitap darası alınmamış, gereksiz ve bildik tekrarlardan ibarettir ve orijinalitesi yoktur, şiirle alâkası olmayan teferruatla, mesela Joyce vs, malûldür, bu kitabın en büyük eksiği, içinde Dali'ye ve onun dizayn ettiği turuncu Lobster'a yer verilmemiş olmasıdır.

Nâzım âdetim değildir amma şimdi tam zamanı
Ne binecek sırma palanlı bir atım,
ne bilmem nerden gelirâtım,
ne mülküm, ne malım var.
Sade bir çanak balım var.
Rengi ateşten al
bir çanak bal!
Balım her şeyim benim.
Ben / mülkümü ve malımı
yâni bir çanak balımı
koruyorum haşarattan...
(Şiirime dair)

BÖLÜM I

EVVELA ELİTİS'E
DAİR BİR İKİ LAF

"...Bir kırlangıç / güneşe dönüyor / Ölü binler istiyor / diri binler / Allah'ım, benim ilk ustam / Allah'ım, benim ilk ustam...". *Odysseas Elitis.*

Liapis iyi bilir bunu.

Elitis'in 1979 Nobel Konuşması'ndan:

"... Eşyanın, bütün detaylarıyla birlikte, algılanan ortak ve tabiî kapasitesinden söz etmiyorum. Yalnızca özlerini kavrayabilmek ve onları, bir diriliş (yükseliş) gibi ortaya çıkan metafizik manalarıyla birlikte saflık hâllerine taşıma iğretilemesinin kudretinden sözediyorum.

Malzemelerini, değerlerinin ötesine taşıyarak kullanan Kiklad dönemi heykeltraşlarının tarzını düşünüyorum. (Yine), sadece saf (doğal) renklerden yararlanarak, 'İlâhî' olana ulaşmayı başaran Bizanslı ikona ressamlarını düşünüyorum...

Mozart, *Romans* isimli şiirinin bir bölümünde şöyle diyor:

"...Ne aşk, ne kanaat, ne de ruyâ var / uyumanın / uyu-

9

manın ötesinde / ve, işittiğim (şey) / yürüyen arzın gümbürtüsü…".

Şunu iyi biliyoruz ki, *Elitis*'in şiirlerinde ruyâlarının çok önemli bir etkisi var ve o nedenledir ki, gördüğü ruyâları not etmekten kendini alamıyor. Densiz'in biri, *Elitis*'in romantik olduğunu yazmış bir vakit, densiz diyorum zira bu yazıyı yazma nedeni *Elitis*'i eleştirmekmiş. *Elitis*'i realiteden kopuk olmakla eleştirmiş. Bu nedenle de, *Elitis* sık sık **"Alithia"**ya (hakikat) vurgu yapar olmuş özellikle nesir yazılarında.

"Alithia" kelimesiyle giriş yapıyorum: Yunanca, **Hakikat** manasına geliyor. **A**: Olumsuzluk ve mahrumiyet bildiren bir önek yani -sız, -siz, -suz, -süz anlamında. *Lîthô, kaçıyorum, saklanıyorum* ve *kaçmak, saklanmak* anlamında Tıp dilinde aynı kökten *lethargia* (aşırı yorgunluk, bitkinlik, kıpırdayama, ölü gibi olma hâli – *sluggishness*) var. Proto Hind-Avrupa lisanında *saklamak, gizlemek* anlamına gelen **leh-** kök kelimesinden geliyor ve yani **Lithia,** *"saklı kalan, gizli kalan, örtülü kalan"* manasına. Yine yani, *"Hiçbir şey saklı kalmamalı, açık açık söylenmeli"* anlamında, aynı **Matta İncili**'nde belirtildiği gibi (10. Bap, 26-28. Âyetler), hiçbir şey gizli kalmamalı, her şey, herkes soyunmalı, bildiği, inandığı ne varsa söylemeli, fısıldamamalı, alenen, bağıra bağıra ilân etmeli. Serâhaten ortaya dökmeli, *Elitis* gibi. Yunanca ifadesiyle, **"Protomastoras"** diye haykırabilmeli. Evet, *Elitis*, gerçekten de *"elit".*

Elitis yazardı da ben yazamaz mıydım kendi zındanımda ve elâleminkinde? Oturdum, rutubetli bir köşeye ve yazdım: **"Bir Yemen hançeri saplandığında, beyaz akrebin sadrına / Göğüs hizamızdan merhaba dediğimizde Gaia'ya / Akbedenli tarla kuşları görünür olduklarında / bil ki; / ebrulî bir tavanarasında / neftî bir esmer hazırlanıyordur / Mukarrebler'in savaşına / Ne Mecîd Tavlaları'ndaki bin küheylân / ne soysuz karakulak**

/ ne de Azîz George'un mezarına söven satrap / hiçbiri / üç altun elmanın peşinden ayrılmayacaklar".

"… *Gece, hava içre olduğunda* …". Ne yalan söyleyeyim, kimindir, nedir bir türlü hatırlayamadım, ama kovalayamadım da. *Klang çağrışımı* ve belki de *anlamsız çağrışım* adı verilen bir durum benimki. Bu cümleyi hatırlar hatırlamaz bende uyandırdığı ilk kavram *"Zeytindağı"* oldu. Sanki, *gecenin hava içre olabileceği* tek mekân orasıymış gibi bir düşünceye kapıldım. Bilinçaltımdaki *Zeytindağı*, bilinç yüzeyime çıkmıştı. Sabaha kadar oturup bunu çözümlemeye çalıştım, tam umudumu yitiriyordum ki, içimden bir ses *"hele bir Elitis'i karıştır"* dedi. Bir de ne göreyim:

"…**Akıp giden (koşan) suyun sesini dinliyorum / belki Allah'tandır / ve galîz küfürler savuruyorum O›na / ağızdan…**".

Pes!!! *Zeytindağı* işte şimdi yerine oturuyor.

Aklıma hemen *"Gayya"* kelimesi geliyor, oradan da *"Gayya kuyusu"*. Mutlaka aralarında bir ilişki olmalı diyorum. Bu sefer de aklıma, *Commandeur* ve doğal olarak *commandante* geliyor. Allah, Allah … Onu takiben sırada yine *Elitis*. Hayrola? diyorum. Elcevap: *Elitis*'in mahlası, **Odiseas Alepouis**. Ne yapalım yani? Şöyle: *Odiseas*'ın Batı dilleri ve Türkçe'deki karşılığı meşhur Homerik kahraman *"Ulysse"* veya *"Ulyss"*. Hani, uğrunda entellektüellerin bile intihar ettiği, bir dönem ABD'nde yasaklanan, her dile çevrilemeyen, Türkçe'ye yedi yıllık bir uğraş neticesinde çevrilebilen, anlaşılması çok zor olan / mümkün olmayan, İrlandalı şair-yazar *James Joyce*'un eserinin de ismi. *Ütopik Anarşizm*'in ilham kaynağı … Peki *"Alepouis"* neyin nesi? *"Alepou"* Yunanca, *"Tilki"* manasına geliyor. *Alepouis* ise *"Tilki'nin"* ya da *"Tilkigil"* anlamında. Yani, *"Tilki'nin Ulysse'si"* veya ***"Ulyss Tilkigil!"***. "Ulysse-Ulyss"i, "Yulisis", "Yulis" veyâ "Yulise" şeklinde okumak mümkün. Bakın neler çıkıyor ortaya kelimelerin sevişmesinden: "Tilkilerin Ulu'su", "Tilkigiller'in

Ulu'su", "Ulu Tilki", "Ulus'un Tilkisi", "Tilkigiller Ulusu", "Tilkiler Ulusu", "Tilki'nin Yolu", "Tilki Yolu", "Avcı ne kadar YOL bilirse Tilki o kadar AL bilir"...

Şiir demiştim ama, başka şeylerin tacizinden bir türlü kurtulamıyorum. Yine de, *Lorca*'sız olacak gibi değil:

"Gece, imtinanın (dikkatin) kara heykelidir".

Neden *Lorca* bu yönüyle bana takılmıştı? Şundandır: benim için ve genelde sırtımdan yapılan 'tatlı' ve hoş eleştirilerin en masumu, *c'est un lunatique qui ne cesse de rêvasser* eleştirisidir, yani *hiç durmadan kendini hayallere teslim eden bir dalgın, bir ayda gezen.*

Bunu nereye bağlasam acaba diye düşünürken cevap bir Rus mahkûm-amatör şairin (*Oleksander Abramov*) ağzından dökülüveriyor:

"Ölüler; / Onlardan korkmam / Ölüler: / Onlardan kaçmam / onlarla yatmam / onlarla kalkmam".

Ve yine *Lorca*:

"Venüs, tabiî beyaz bir ölümdür".

"Blanca Muerta" diyor İspanyol şair, yani *"Beyaz Ölüm"*. *Afrodit* ya da *Zühre* neden beyaz ölüm ola ki? Denizin / dalgaların beyaz köpüklerinden doğduğu için mi acaba? Ya da *"Afrodizyak"* kimliğinden dolayı mı? O kadar kolay değil mastoras! Aklıma meşhur *"Elmalı Afrodit"* (Afroditi Milo) heykeli geliyor. Gelir gelmez de **Paul Elouard**:

"Sabah, yeşil bir meyveyi yakar".

Başlangıçta ağaran (beyaz olan) elma önce yeşile, sabahla birlikte de –*muhtemelen* - kırmızıya dönüyor. Hemen belirtmeliyim ki, burada bahsettiğim kırmızı elmanın, *Kızıl Elma* ile bir ilişkisi yoktur. *Atalanti*'nin üç altun elmasıyla da ilgili değil. Kırmızı elma daha sonra kararır, daldan *Gaia*'ya düşer ve Kilise babalarından birinin dediği gibi;

Güzel beden önce mezara girer sonra mezarla bütünleşir ve en sonunda da sadece mezar olur.

Elma, *Gaia*'ya karışır ve nihayet *Gaia* olur. Sonra da *Gaia*, Elma olur. Aklıma *Necîb Fazıl Kısakürek*'in meşhur tiyatro eseri *"Bir Adam Yaratmak"* geldi. *"Her şey olurum ama 'Yok' olamam"* diyordu. Peki şimdi, ha *Afrodit*, ha *Zeynep* mi? demek gerekiyor. *Trans-personnel* diyorum…

Elmadan çıkmam çok zor oluyor ve soyismi tek ‹*i grec*›li *Cemal Süreya* ile tekrar dibime düşüyorum;

Gökyüzü var üstümde bu senin elmandaki gökyüzü
Hatırlanacak olursa seninle beraber soyunmuştum
Bir kilisenin üstünde
Bir yandan çan çalıyorum büyük yaşamaklara
Bir yandan yoldan insanlar geçiyor çoğul olarak
Duvarda bir kilise
İstanbul'da bir duvar duvarda bir kilise
Sen çırılçıplak elma yiyorsun...
Mithologia yoksa şiir ne lazım; elmanın en güzeli orada…

Aegina (Egina) adasının kralı *Aecaus* ile Thessalia'daki Pelion dağının perilerinden kentavros (At-adam) *Chiron*'un kızı *Endeis*'in oğulları, Phthia kralı ve büyük kahraman *Aşil*'in (Ahylleos) babası kahraman *Pileus* (Πηλεύς) deniz perisi *Thetis* ile evlenir.

Pileus ve erkek kardeşi *Telamon*, <u>*Herakles*'in (Herkül) arkadaşıdırlar ve onun Amazonlar'a ve kral *Laomedon*'a karşı yürüttüğü savaşta ve *altın yapağı*'yı - χρυσόμαλλο δέρας - aramasında yardımcılarıdırlar.</u>

<u>*Pileus* ve erkek kardeşi *Telamon* üvey kardeşleri *Fokus*'u bir av esnasında kazayla öldürürler ve cezalandırılmamak için Aegina adasına kaçarlar. Phthia'da, *Pileus, Eurythion* tarafından aklanır</u>

ve *Eurythion*'un kızı *Antigoni* ile evlenir ve bu evlilikten kızları *Polydora* doğar. Kader o ki, *Pileus* yine bir av sırasında – Kalydonia yaban domuzu avı – kayınpederi *Eurythion*'u öldürür ve Phthia'ya kaçar. Iolcus'ta *Akastos* tarafından aklanır. *Akastos*'un eşi *Astydameia*, Pileus'a aşık olur fakat *Pileus* tarafından küçümsenir, alaya alınır. Gururu zedelenen *Astydamaeia, Antigoni*'ye bir haber yollar ve *Pileus*'un kendi kızıyla evlendiğini söyler. *Antigoni* kendini asar.

Bilahare, *Astydameia, Acastos*'a, *Pileus*'un kendisine tecavüz ettiğini söyler. *Akastos, Pileus* ile görüşür ve bir av sırasında, At-adamların saldırısına uğrarlar, *Akastos, Pileus*'un gizemli kılıcını saklar. Bilge At-adam *Chiron, Pileus*'a kılıcını geri verir ve kaçmasını sağlar. Kurtulan *Pileus, Akastos*'u ve *Astydameia*'yı parçalar.

Antigoni'nin ölümünden sonra *Pileus*, deniz perisi *Thetis* ile evlenir. Düğünlerine birçok Olympos ilâh ve ilâhesi katılır. Denizler ve depremler ilâhı *Poseidon* ona iki tane ölümsüz at hediye eder: *Balios* ve *Xanthos*. Ziyafete davet edilmeyen ve buna öfkelenen Nifak ilâhesi *Eris*, "καλλίστῃ" (kalîsti - en güzel olana) diye bağırarak ortaya bir altın elma - anlaşmazlık elması (μῆλο της Ἔριδος) fırlatır ki, iş bir kavgaya kadar gider. Adaletiyle meşhur olan *Paris*'in hükmünün bir sonraki etabının Truva Savaşı olacağını haber verelim. Elma en güzel ilâheden birisi için üretilmiştir ve üç ilâheden hangisine verileceğine, *Zeus*'un talimatıyla İda dağında çobanlık yapan *Paris* karar verir: elma *Afrodit*'e (Venüs) gider. Bir elma koca bir savaşın sebebi olabilir mi? Şiirde ve san'âtta hiç bir kuşku yok ki, olur! Kararı veren bir ölümlüdür ve nihayetinde sonucu ölümsüz olmayacaktır; değişken olabilir. *Athina* ve *Hera* (İra) kaybederler ve bunun onlara dokunmuş olmaması düşünülemez.

Bu evlilikten 7 oğlan doğar ve bunlardan altı tanesi çocukluğunda ölür. Tek bir tanesi hayatta kalır: *Aşil* (Achille; Ahylleos).

İlâhlar arası mesajcı, ticaret, hırsızlık, ulaşım, keşif ve yol gösterme ilâhı *Hermes* (Ermis; Mercury) *Zeus*'un mesajını *Paris*'e götürendir. *Hera, Paris*'e Avrupa ve Asya Krallığı'nı, *Athina* savaş bilgeliğini ve öngörüyü, *Afrodit* ise dünyanın en güzel kadının aşkını teklif ettiler. Bu üçüncüsünün teklifi kral *Menelaos*'un eşi Spartalı *Helen*'di. Paris, *Helen*'i kabul etti ve dünyanın en meşhur savaşlarından Truva Savaşı'nı başlatmış oldu. Küçük Asya'ya (Mikras Asia) giriş yapan Helenler, *Büyük İskender*'in de yolunu açanlar olmuştur (*Megas Alexandros*).

Heraklis'in elindeki Hesperides bahçelerinin altın elmaları işte gökten düşen 3 elmanın tâ kendileridir. Şiir gökten düşmedikçe *Helen* sizin olmaz.

* _* *

Zından nire, Romantizm nire? dememeli. Bir gece ruyâmda Fransız bayrağı *tricolore*'un sahibi sayılan **Alphonse de Lamartine**'i gördüm. Meşhur "**Lac**" (Göl) şiirinin ilk mısraını okudu:

"**O Lac suspends ton vol**"

(Ah Göl, uçuşunu (kaçışını) durdur (askıya al)). Hani, bizim bir şairimiz de bundan aparıp "**Göl Saatleri**"ni yazmıştı. Yalnız gelmemişti *Lamartine*, yanında *Lirizm*'in babalarından **Alfred de Vigny**'yi ve - **bana göre** - olağanüstü güzellikteki "**La Mort du Loup**" (Kurt'un Ölümü) şiirini de getirmişti. Bunların bana taşıdığı kavram ise "**Dehr**" oldu ve hemen akabinde, "**Dehr'e küfretmeyin, o Allah'tır**" çelişkimi kaşıdı, korkuttu ve ürpertti. Varlık açmazım nüksetti. Kurt öldü mü, yoksa *Schroedinger*'in kutusunda bilinmezlere mi karıştı. S2in kedisine dair iki koca prezantasyon yaptım psikiyatri meclislerinde ve yetmez bu kadar. Canı acımayan bilmez.

Biraz daha gerilere gittim, baktım **Corneille** bir duvarın dibine oturmuş, bir kahramanını konuşturuyor:

" **O râge, o désespoir / ô vieillesse ennemie / N'ai-je donc tant vécu pour cette infamie / Ne suis-je blanchi dans les travaux guerriers ...**"

(Ey azgınlık (kıran), ey ümitsizlik / ey düşman ihtiyârlık / Bu kadar zaman bu onursuzluk (görmek) için mi yaşadım / (Saçlarım) savaşlarda ağarmadı mı?)

Daha da gerilere gittiğimde biraz daha karamsarlaşmaya başladım zira karşıma **François Villon** çıktı ve "**Ballade des Pendus**"yü (Asılmışların Baladı - 1462) okuyuverdi. Gözümün önüne meşhur "**Mont Faucon**" (Şahin Tepesi) geldi. Fransa'da, idam edilenleriyle ünlü bir mekân. Asılanların cesetleri ibret olsun diye günlerce orada bırakılıyor ve kuşlara yem ediliyordu. Buyurunuz, uzun uzadıya *Villon*:

Orijinalini aşağıda verelim gitsin;

Frères humains qui après nous vivez
N'ayez les coeurs contre nous endurcis,
Car, se pitié de nous pauvres avez,
Dieu en aura plus tost de vous merciz.
Vous nous voyez cy attachez cinq, six
Quant de la chair, que trop avons nourrie,
Elle est pieça devoree et pourrie,
Et nous les os, devenons cendre et pouldre.
De nostre mal personne ne s'en rie:
Mais priez Dieu que tous nous vueille absouldre!

Se frères vous clamons, pas n'en devez
Avoir desdain, quoy que fusmes occiz
Par justice. Toutesfois, vous savez
Que tous hommes n'ont pas bon sens rassiz;

Excusez nous, puis que sommes transis,
Envers le filz de la Vierge Marie,
Que sa grâce ne soit pour nous tarie,
Nous préservant de l'infernale fouldre.
Nous sommes mors, ame ne nous harie;
Mais priez Dieu que tous nous vueille absouldre!

La pluye nous a débuez et lavez,
Et le soleil desséchez et noirciz:
Pies, corbeaulx nous ont les yeulx cavez
Et arraché la barbe et les sourciz.
Jamais nul temps nous ne sommes assis;
Puis çà, puis la, comme le vent varie,
A son plaisir sans cesser nous charie,
Plus becquetez d'oiseaulx que dez à couldre.
Ne soyez donc de nostre confrarie;
Mais priez Dieu que tous nous vueille absouldre!

Prince Jhesus, qui sur tous a maistrie,
Garde qu'Enfer n'ait de nous seigneurie :
A luy n'avons que faire ne que souldre.
Hommes, icy n'a point de mocquerie;
Mais priez Dieu que tous nous vueille absouldre.

Mont Faucon insanın insana ettiğinin en açık örneklerinden biridir.

Şiir tercüme edilmesine sıcak bakmıyorum ve bu durumu kara dutun bulaşık deterjanı ve beziyle yıkanıp *'kirinden arındırılması'*'na benzetiyorum. Uyarlama-adaptation ise uyarlayanın talent'ına bağlı ama kabul edilebilir herhâlde. *Asılmışların Baladı* Orhan Velî Kanık – *Adil Hanlı* mı deseydim acaba - tarafından uyarlanmış, veriyorum;

ASILMIŞLARIN BALADI

Olmayın bu kadar katı yürekli,
Ey dünyada kalan insan kardeşler;
Allah da sizden razı olur belki
Sizler acırsanız bizlere eğer;
Şurada asılmışız üçer beşer;
Kuş tüyüyle beslenen şu bedene
Bir bakın, dağılmada günden güne;
Bakın kül olan kemiklerimize;
Gülmeyin, dostlar, bu hale düşene;
Tanrıdan mağrifet dileyin bize.

Kanun namına öldürüldük diye
Hor görmeyin bizleri, kardeş bilin;
Dünyada herkes akıllı olmaz ya,
Biz de böyle olmuşuz n›eyleyelim,
Madem alnımıza yazılmış ölüm,
İsa Peygambere dua edin de
Yanmak cehennem ateşlerinde
Esirgesin bizi, acısın bize.
Etmeyin, işte ölmüşüz bir kere;
Tanrıdan mağrifet dileyin bize.
Görmedik bir gün olsun rahat yüzü;
Yağmur sularında yıkandık yunduk;
Kurda, kuşa yedirdik kaşı gözü;
Gün ışıklarında karardık, yandık;
Kuş gagalarıyla kalbura döndük;
Durmadan kâh şu yana, kâh bu yana
Esen rüzgârla sallana sallana...
Kargalar geldi kondu üstümüze.
Sakın siz katılmayın bu kervana.
Tanrıdan mağrifet dileyin bize.

Dilek
Büyük İsa, cümlenin efendisi!
Cehennem ateşinden koru bizi;
Koru bizi, acı da halimize.
Dostlar, görüyorsunuz halimizi;
Tanrıdan mağrifet dileyin bize.

Tercüme bahsine değinmeden evvel *Villon*'a değinmeliyim; **François de Montcorbier** yani **Villon**, Paris 1431 – belirsiz 1463, Ortaçağ'ın son döneminin en mühîm Fransız şairlerinden biri. Romantikler'e göre lanetli şiirlerin habercisi, '*müjdeci*'si. Şair, müstearını Saint-Benoît-le-Bétourné kilisesinin papazı, Paris'te kilise hukuku profesörü *Guillaume de Villon*'dan alıyor. *François* yetîm kaldığında bakımını ve eğitimini bu zât üstleniyor ve *François*'nın ona minnet borcu çok yüksek. *Villon* artık *François*'da daimdir.

Tabiî ki, *Villon* deyince *Coquillard* mevzuuna da girmiş oluyoruz; bu kelime Fransızca *kavkı, kabuk, deniz kabuğu* anlamlarına gelen *coquille* kelimesinden türemiştir. *Coquillard*'lar sahte Kompostela hacıları – *peregrino Santiago de Compostela / Compostelle* olarak bilinirler. *Coquillard*'lar inanışa göre haccdan getirilen ve bu nedenle de *Coquilles Saint-Jacques* adıyla anılan deniz kabuklarını satanlara verilen isimdir.

15. yüzyıl argosunda bu *Coquillard* terimi herşeyden evvel dolandırıcıları (*escrocs*) ve kalpazanları (*faussaires*) anlatır. Bilahare bu isim 1440-1455 yılları arasında Bourgogne'da ortalığı kasıp kavuran bir örgütün adı olmuştur. İşte esas *Coquillard*'lar bu örgütlü gücün mensuplarıdır. *Villon* bu örgüte mensuptu. Bu örgütü yarı anarşist, yarı lumpen, yarı isyânkâr bir örgüt olarak düşünebiliriz. Aynı isimli bir örgütlü yapı 17. Asırda manastırlardaki kimi değerli eşyayı kamulaştıran hacılara tekabül eder.

Yukarıda kabaca muhtevasını vermeye çalıştığım *Coquillard*'ların da içinde bulunduğu kısmen mücadele örgütü de sayabileceğimiz örgütlerin çıkışı, İngiltere kralı *Edward III*'ün Fransa tahtında hak iddia etmesiyle 1337'de başlayan ve ancak 116 yıl sonra 1453'te sona eren savaşlar dizisi yani **Yüz Yıl Savaşları**'nın – La Guerre de Cent Ans son dönemine denk gelir. Bu dönemde Bourguignon partisi sona erdi, 1444'te ateşkes ilân edildi, işsizliğin had safhaya çıktı ve sokak gösterileri devamlı hâle geldi. Ünlü *Coquillard*'lar arasında *Villon* dışında *Regnier de Montigny* ve *Colin de Cayeux* sayılabilir ki, her ikisi de 1457 ve 1460 yıllarında asılmıştır.

Coquillard'ların jargonu özgündür. Bazı misaller verelim; mesela *charriage* kelimesi hem *araba ile taşımak*, hem *sürüklemek* hem de *kafa bulmak, alay etmek, dalga geçmek* anlamındadır. Bire bir çevirenler hep dolandırıcılık (*escroquerrie*) manasına almışlardır. Bu nedenle *Coquillards* örgütü bir dolandırıcılık örgütü sayılmış *Villon* da bu örgütün üyesi olmakla dolandırıcı kimliği ön plana çıkarılmaya çalışılmıştır. Oysa bu jargonda *charriage* kelimesi hasseten de *Villon*'da bizdeki *sarma, dolama, işletme, gezdirme, oynama, makara yapma* gibi kelimelerle ifade edilen mecazî manalara tekabül ediyordu. Diğer bir deyişle *kerizin birini arabaya bindirmek* ve gerekirse *söğüşlemek*. Ancak bu '*keriz*'ler genelde paralı, nursuz ve halk düşmanı, kraliyet bahçesinden yemlenen serserilerdi. *Ağaç eken, ağaç diken* anlamındaki *planteur* kelimesi genel olarak *kalpazan* anlamında kullanılmıştır. Yani kalp para veya değerli eşya üreten kişi bir fide, fidan (*plant*) üretmiştir. Oysa burada Fide – *aynı zamanda* – örgüte yeni katılan, kazandırılan militan adayıdır. *Planteur* de bu yeni militanları kazandıran adamdır.

Baladeur kelimesi İngilizce *walkman* kelimesi ile eşanlamlıdır ve *dolaştırmak, gezdirmek* anlamındaki **Balader** fiilinden türemiştir, **beau parleur** – *güzel konuşmacı, ağzı laf yapan* kişi anlamında da kullanılır. Bu kişi ise genel inanca göre *kalp malı satan adam*dır. Ses ve yazım benzerliğiyle **ballade** ve **balade** kelimelerine vardık işte. Daha başta kılçığı atıyorum; **Ballade** - yani dönem itibarıyla *popüler müzik* veya *popüler şiir* ya da *efsane* anlamlarında bir kelime ve buradan **Ballade des Pendues** – Asılmışların Şarkısı (mı?) yoksa ve istersek *Balade(ur) des Pendues* (mü?) yani **Asılmışların Hatibi**, sözcüsü, oratörü mü? Tabiî ki, herkes yok canım birincisi diyecek ve ben de onlara katılıyorum (da) şiirin tamamına bakacağız ve orası bize ne diyor olacak?

Frères humains qui après nous vivez / modern Fransızcası ile *Frères humains qui après nous vivez*, Orhan Velî'nin çevirisinde *Ey dünyada kalan insan kardeşler*. İngilizce çevirisinde *Human brothers who live after us*. Bunu *bizden sonra yaşamaya devam edecek olan insanlar, kardeşler* veya *ey dünyada kalan insanlar* olarak okumak çok doğal. İsteyen, *ey insanoğlu* veya *takipçilerimiz, yoldaşlar* olarak da okuyabilir.

Sonra

N'ayez les coeurs contre nous endurcis / *N'ayez pas vos cœurs durcis à notre égard*. *Do not have (your) hearts hardened against us*. Orhan Velî'de *Olmayın bu kadar katı yürekli. Bize karşı katı kalbli olmayın.* (*Orhan Velî'deki bize karşı* bölümüne çok fazla bir itirazım yok).

Car, se pitié de nous pauvres avez, Car si vous avez pitié de nous, pauvres. *For, if you take pity on us poor (fellows)*, Sizler acırsanız bizlere eğer (Orhan Velî); **zira, eğer sizler biz garibanlara, fukaralara – EZİLENLERE/MAZLUMLARA acırsanız**; (Hakkı Açıkalın).

Dieu en aura plus tost de vous merciz. Dieu aura plus tôt miséricorde de vous. *God will sooner have mercy on you*. Allah da sizden razı olur belki (Orhan Velî. *Belki* yok). **Allah – derhâl – sizden razı olacaktır / heman size merhamet edecektir** (Hakkı Açıkalın).

Vous nous voyez cy attachez cinq, six. Vous nous voyez attachés ici, cinq, six. You see us tied here, five, six. Şurada asılmışız üçer beşer (Orhan Velî); bizi burada 5-6 (kişi) bağlanmış/sallandırılmış vaziyette görüyorsunuz (**Hâlımız budur işte.** Hakkı Açıkalın).

Quant de la chair, que trop avons nourrie, Quant à notre chair, que nous avons trop nourrie. As for the flesh, that we nourished too much, Kuş tüyüyle beslenen şu bedene (Orhan Velî. Eğer **Kuş Sütü** ile demiş olsaydı anlaşılabilirdi ama kuş tüyü ile beden beslenmesini bir sürç-ü lisan sayalım ya da adaptatateur ileri bir tahlil olarak ve küçük bir ihtimalle iki şeyi dile getirmek istiyor: a) cesetlerimize yönelen kuşların tüyleriyle kaplandı naaşlarımız veya, b) bedenlerimizi katrana buladılar ve üzerini tüylerle kapladılar. Zor gibi... amma...). **Kendisini ziyadesiyle beslediğimiz etimize/tenimize-bedenimize gelince** (Hakkı Açıkalın).

Elle est pieça devoree et pourrie, Elle est depuis longtemps dévorée et pourrie. It has long since been eaten and rotten. Bir bakın, dağılmada günden güne (Orhan Velî). **Parçalanıp çürüyeli çook zaman oldu** (Hakkı Açıkalın).

Et nous les os, devenons cendre et pouldre. Et nous, les os, devenons cendre et poussière. And we, the bones, become ashes and powder. Bakın kül olan kemiklerimize (Orhan Velî). **Ve (heyhat) biz kemikler kül ve toz zerresi hâline geldik** (Hakkı Açıkalın).

De nostre mal personne ne s'en rie: De notre malheur, que personne ne se moque. Of our pain let no one make fun, Gülmeyin, dostlar, bu hâle düşene (Orhan Velî); **kimseler felaketimize (bakıp da) eğlenmesin** (Hakkı Açıkalın).

Mais priez Dieu que tous nous vueille absouldre! Mais priez Dieu que tous nous veuille absoudre! But pray God that he wills to absolve us all! Tanrıdan mağrifet dileyin bize! (Orhan Velî). **Allah'a dua edin ki, bizi (hepimizi) affeylesin**! (Hakkı Açıkalın).

Se frères vous clamons, pas n'en devez. Si nous vous appelons frères, vous n'en devez. If we call you brothers, you must not. Hor görmeyin bizleri, kardeş bilin (Orhan Velî). **Eğer ki, biz sizi kardaşlar (yoldaşlar) çığırıyorsak, (sakın ha) bundan yüksünmeyin** (Hakkı Açıkalın).

Avoir desdain, quoy que fusmes occiz. Avoir dédain, bien que nous ayons été tués. Have scorn for it, although we were killed. Kanun namına öldürüldük diye (Orhan Velî). **Öldürüldük deyu (ey millet, ey halk) hakîr görmen bizi** (Hakkı Açıkalın).

Par justice. Toutesfois, vous savez. Par justice. Toutefois vous savez. By justice. Nevertheless you know. Biz de böyle olmuşuz n'eyleyelim (Orhan Velî). **Adalettendir (derler) amma velakin!** (Hakkı Açıkalın).

Que tous hommes n'ont pas bon sens rassiz; Que tous les hommes n'ont pas l'esprit bien rassis. That all men do not have (their) common sense (firmly) seated. Dünyada herkes akıllı olmaz ya (Orhan Velî). **Herkeslerin aklı baliğ olmaz a** (Hakkı Açıkalın).

Excusez nous, puis que sommes transis, Excusez-nous, puisque nous sommes trépassés. Forgive us, since we have passed away. Madem alnımıza yazılmış ölüm (Orhan Velî). **Affedin bizleri zira (bu dünyadan) göçtük (artık)** (Hakkı Açıkalın).

Envers le filz de la Vierge Marie, Auprès du fils de la Vierge Marie. Before the son of the Virgin Mary. İsa Peygambere dua edin de (Orhan Velî), **Vechiniz Meryem oğlu İyşâ huzurunda** (Hakkı Açıkalın).

Que sa grâce ne soit pour nous tarie, De façon que sa grâce ne soit pas tarie pour nous. So that his grace may not run dry for us. Esirgesin bizi, acısın bize (Orhan Velî). **Öyle ki, olmayalım lûtfundan mahrum, onun** (Hakkı Açıkalın).

Nous préservant de l'infernale fouldre. Et qu'il nous préserve de la foudre infernale. Preserving us from the infernal wrath. Yanmak cehennem ateşlerinde (Orhan Velî). **Ve (dahi) bizi Nâr'dan muhafaza eylesin** (Hakkı Açıkalın).

Nous sommes mors, ame ne nous harıe; Nous sommes morts, que personne ne nous tourmente. We are dead, let no soul harry us. Etmeyin, işte ölmüşüz bir kere (Orhan Velî); **ölmüşüz artık, etmeyin ruhumuza eziyet** (Hakkı Açıkalın).

Mais priez Dieu que tous nous vueille absouldre! Mais priez Dieu que tous nous veuille absoudre! But pray God that he wills to absolve us all! Tanrıdan mağrifet dileyin bize (Orhan Velî). **Allah'a dua edin ki, bizi (hepimizi) affeylesin** (Hakkı Açıkalın).

La pluye nous a débuez et lavez, La pluie nous a lessivés et lavés. Rain has drained and washed us. Yağmur sularında yıkandık yunduk (Orhan Velî); **Yağmur bizi yudu yıkadı** (H.A).

Et le soleil desséchez et noirciz: Et le soleil nous a séchés et noircis. And the sun has dried and blackened us. Gün ışıklarında karardık, yandık (Orhan Velî); **Ve güneş bizi hem kuruttu hem kararttı** (H.A).

Pies, corbeaulx nous ont les yeulx cavez. Pies, corbeaux nous ont crevé les yeux. Kurda, kuşa yedirdik kaşı gözü (Orhan Velî); **saksağanlar, kargalar oydular gözlerimizi** (H. A).

Et arraché la barbe et les sourciz. Et arraché la barbe et les sourcils. **Ve sakallarımız ve kirpiklerimiz yoluk yoluk** (H.A).

Jamais nul temps nous ne sommes assis; Jamais un seul instant nous ne sommes assis. Görmedik bir gün olsun rahat yüzü (Orhan Velî); **asla bir lahza dahi bulmadık huzur** (H.A).

Puis ça, puis la, comme le vent varie, De ci de là, selon que le vent tourne. Durmadan kâh şu yana (Orhan Velî). **Kâh bu yana oradan buradan esen ruzigâr** (H.A).

A son plaisir sans cesser nous charie, Il ne cesse de nous ballotter à son gré. Esen rüzgârla sallana sallana... (O.V). **Bizi keyfine göre savurup durdu** (H.A).

Plus becquetez d'oiseaulx que dez à couldre. Plus becquétés d'oiseaux que dés à coudre. **Dikiş yüzükleri mislince gagaladı kuşlar** (H.A).

Ne soyez donc de nostre confrarie; Ne soyez donc de notre confrérie. Sakın siz katılmayın bu kervana (Orhan Velî). **Bizlere yoldaş olmayın** (H.A).

Mais priez Dieu que tous nous vueille absouldre! Mais priez Dieu que tous nous veuille absoudre! Tanrıdan mağrifet dileyin bize (O.V). Ve fakat Allah'a dua edin bizleri bağışlasın (H.A).

Prince Jhesus, qui sur tous a maistrie, Garde qu'Enfer n'ait de nous seigneurie: Prince Jésus qui a puissance sur tous. Büyük İsa, cümlenin efendisi! (O.V). **Herkesin (herşeyin) fevkinde kudret sahibi İyşâ** (H.A).

A luy n'avons que faire ne que souldre. Fais que l'enfer n'ait sur nous aucun pouvoir: Cehennem ateşinden koru bizi (O.V). **Öyle bir (şey) yap ki, cehennemin kudreti çöksün** (H.A).

N'ayons rien à faire ou à solder avec lui. Koru bizi, acı da hâlimize (O.V).

Onu bitirmek için yapılacak hiçbir iş kalmasın (H.A).

Hommes, icy n'a point de mocquerie; Hommes, ici pas de plaisanterie. Dostlar, görüyorsunuz hâlimizi (O.V). **İnsanlar, burada eğlence yok** (H.A).

Mais priez Dieu que tous nous vueille absouldre. Mais priez Dieu que tous nous veuille absoudre. Tanrıdan mağrifet dileyin bize (O.V).**Ve fakat Allah'a dua edin bizleri bağışlasın** (H.A).

Benim için bu şiir çok yüksek bir devrimcinin yoldaşlarına bıraktığı vasiyettir; mazlumlara, ezilenlere, muztarîblere...

Ne fecî, ne ıztırabdır bu. Mazlumların kaderi hep böyle mi olacak, hep cennetlerde hurî beklemek mi? Ne yapacağımı şaşırmıştım ki, **Bedri Rahmî** imdadıma yetişti:

"... **Bildin mi üç dil bileceksin / üç dilde ana avrat küfre-debileceksin ...**".

Hayyam'a bir nazire:

"**Şefkatle revan olmalı yola / sihirbazdan, kendinden, or-**

tografiden berî / Ütopyaya yakın, ütopyaca / iğfale meydan vermeden …"

Bir yazının son paragrafına başlarken, "Özcesi" mi, "Kısacası" mı, "Sözün özü" mü, "Son tahlilde" mi, "Son Analizde" mi, "Nihayet" mi, "Son tecridde" mi dersek daha doğru olur. Herkes kendi "Son tecridde"sini beğenir. *Elitis* ise şöyle diyordu: "… *Ben gözyaşları içindeyken, orada uzaklarda birileri kahkahalar atıyor …".*

Bir kişi ya da birkaç kişi bir evde binlerce kurşuna maruz kalıp *Villon*'ca katle giderken, o kapıların önünde marş çığıranları çoktan unutan ve hiç unutmayan insanların kavgasıdır bütün BAL(L)ADE'lar.

Renouveau
Stéphane Mallarmé
Le printemps maladif a chassé tristement
L'hiver, saison de l'art serein, l'hiver lucide,
Et, dans mon être à qui le sang morne préside
L'impuissance s'étire en un long bâillement.

Des crépuscules blancs tiédissent sous mon crâne
Qu'un cercle de fer serre ainsi qu'un vieux tombeau
Et triste, j'erre aprıs un rêve vague et beau,
Par les champs où la sıve immense se pavane

Puis je tombe énervé de parfums d'arbres, las,
Et creusant de ma face une fosse à mon rêve,
Mordant la terre chaude où poussent les lilas,

J'attends, en m'abîmant que mon ennui s'élıve…
—Cependant l'Azur rit sur la haie et l'éveil
De tant d'oiseaux en fleur gazouillant au soleil.

Mallarmé, şiirinin adını '*Baharın Girişi, yenilenme, canlanma*' olarak koymuş. Tabiatın uyanışını anlatıyor. Ekim'deyiz ve sonbahar galiba. Neden '*Renouveau*' o hâlde? İhtiyaçlar hep belirleyici oluyor, Ekim'de bahar, Mart'ta yaz, Ocak'ta sonbahar vs. '*Maladif*' bir sıfat ve '*kolay hastalanır, cılız, nânemolla, sinameki*' gibi anlamlara geliyor. *Mallarmé* işte, '*Printemps Maladif*' diyor yani '*Nânemolla İlkbahar*'. Bu bahar üzüntü verici bir biçimde avlamış. Açık, duru, temiz, sâkin, dingin, huzur içinde gibi anlamları var, '*serein*' (sören) sıfatının. '*Dingin san'ât mevsimi kış, uyanık, açık görüşlü, aydın kış*' diyor, *kış*'ı övüyor *Mallarmé*. Nânemolla baharın karşısında dingin san'âtın mevsimi olarak kışı görüyor. Akil, ağırbaşlı, entellektüel, münevver kış ve zaif bahar. Böyle midir sahi? *Maladif* midir bahar ve sâkin ve dingin midir kış?

Devamla, '*varlığımı tasalı / kasvetli kan yönetir*' demeye getiriyor. Kanında üzüntü, tasa, gam ve kasavet bulunan bir adamım ben, *Mallarmé*, tam da öyle işte. '*Le Sang Morne qui préside*'... Kudretsizlik (iktidarsızlık, güçsüzlük) geriniyor, uzun bir esnemede. Geriniyoruz – kimileri *gerneşiyoruz* biçiminde de söylüyorlar – yataklarımızda ve lila kokmayan, yasemen kokmayan, binefş kokmayan çarşaflarımızda ve koşutunda esneyerek ve asla bir kedi ya da bir arslan gibi başarılı olmaksızın. Dönüp duruyoruz inodor yorganların altında, gamsızca, kaygusuzca, bir karatavuktan çok geri, gagasız bir dünya varlığı olarak didikleyeceğimiz bir çuval şey varken ortada. Tukan kadar bir gagamız olsaydı – *romfos* – iki laf edecek yüzümüz olabilirdi belki. Belki annemizi kandırmaz, baharları beklemeye ihtiyaç olmadan her tarafı her dem gülistân eder, lâlezârı kıskandırabilirdik. Dişimizi geçirecek, acıtmadan masallarımızı anlatabilecek bir kestane ağacı bulabilirdik. Belki dallarında akil ve şirin meyveler olmazdı bahçemizdeki ağacın amma cinnetimizi anlayan bir deli incir mutlaka olurdu, illâki olurdu. Efendi olmadık, akıllı durmadık diye hayıflanan adlî mahkûmların serzenişlerinden geçilmeyen bir otoban kenarı emniyet şeridinde volta atan sentetik elyaf gibi kaldık ciğeri beş para etmez ideolojilerin parlak kârhâne ışıklarının ve orospudinli dinamiklerinin diktatoryası altında. *Mallarmé* ne kadar bahar dese de işte arkasından ona biçtiği sıfat geliyor ve alıp götürüyor bütün bahara ait hissiyatını, *varlığım* diyen adamın. Cılız bahar, sinameki bahar ve biz artık ve epeydir uzun, akil ve aydın kışların kapıkuluyuz ve hattâ belki de kalebendi. Heyhat, bahara galebe çalan bir kış, oğlunu fersah fersah aşan bir baba misali. Yenile, uslûbum değişiyor gibi, daha doğrusu uslûbumdan ziyade mevsimlerim değişiyor sanki. Divanelikten memnun değil miyim acaba? Yahut divane kim, sen kim durumu mudur süregiden? Kendimi kandırma hakkımı bu kadar uzun kullanabilir miyim? Ben baharları hiç sevmedim, hep cılız buldum, aynı *Mallarmé* gibi, ötesi beterin beteri sayılabilir. Nefret bile ederim, *Demeter* ve onun *Hades*'in yanına düşen onun eşi olan kızından, *Persefoni*'den. Sevemedim gitti o ana-kızı, mevsimlerini, çiçeklerini, renklerini, kokularını, duygularını velhâsıl varlıklarını sevemedim. Ben, soğukkanlı kışları sevdim ve bahçeleri beyaz tanıdım. O nedenle sadece *siyahı* seviyorum, leylâk ve kırmızıdan tiksinirim. Onları hatırlatan kokuları da sevmem, gül, karanfil, menevşe, leylâk. Geceyi gündüze tercih etmem bundandır, zifirî karanlıkların kış sofralarından nem'âlanmayı hoş buluyorum, keyf alıyorum. Gölgelerle savaşıp, düşüncelerle seviştiğim ânlardır kış geceleri. Masalları hep burada dinledim ve hep oralarda yazdım, oralarda anlattım. Aynı şimdi olduğu gibi. Sıcağı hiç sevmedim, kuzinelerdeki odunun kokusu hariç, soğuk içtim mevsimlerdeki canlılığı. Bu nedenle olabilir, hiç ciddîye almadım gülmeleri veya ağlamaları. Yabanî ve karanlık ne varsa sevdim. *Mallarmé*'den kopmamak gerek...

...Erkek kurt çömelmiş, gövdesine saplı bıçaklarla avcılara bakmaktadır. Avcılar ellerinde tüfeklerle çevresini sarmıştır. Kurt, ağzından akan kanları dili ile yalayarak avcılara son bir kez bakar. Sonunda gözlerini kapar ve ses çıkarmadan son nefesini verir. Dişi kurt ile yavrular ise kaçıp kurtulmuşlardır.

Erkek kurt ölmeden önceki son bakışlarında belli ki avcılara «İnlemek, ağlamak, yalvarmak yok; bunların hepsi onurumu kırar. Bu acımasız, nâmerd ve kanlı saldırıların adetâ alın yazın olup seni sürüklediği yolda, uzun ve ağır görevini yerine getirdim işte. Çıt çıkarmaksızın acı çektim ve öldüm. Ama başın dimdik, özgürce ve kahramanca!

Önemli olan yenilmek değil baş eğmemektir!

BİR ALFRED DE VIGNY ŞİİRİ

Les nuages couraient sur la lune enflammée
Comme sur l'incendie on voit fuir la fumée,
Et les bois étaient noirs jusques à l'horizon.
Nous marchions sans parler, dans l'humide gazon,
Dans la bruyıre épaisse et dans les hautes brandes,
Lorsque, sous des sapins pareils à ceux des Landes,
Nous avons aperçus les grands ongles marqués
Par les loups voyageurs que nous avions traqués.
Nous avons écouté, retenant notre haleine
Et le pas suspendu. - Ni le bois, ni la plaine
Ne poussait un soupir dans les airs; Seulement
La girouette en deuil criait au firmament;
Car le vent élevé bien au dessus des terres,
N'effleurait de ses pieds que les tours solitaires,
Et les chênes d'en-bas, contre les rocs penchés,
Sur leurs coudes semblaient endormis et couchés.
Rien ne bruissait donc, lorsque baissant la tête,
Le plus vieux des chasseurs qui s'étaient mis en quête
A regardé le sable en s'y couchant; Bientôt,
Lui que jamais ici on ne vit en défaut,

A déclaré tout bas que ces marques récentes
Annonçait la démarche et les griffes puissantes
De deux grands loups-cerviers et de deux louveteaux.
Nous avons tous alors préparé nos couteaux,
Et, cachant nos fusils et leurs lueurs trop blanches,
Nous allions pas à pas en écartant les branches.
Trois s'arrêtent, et moi, cherchant ce qu'ils voyaient,
J'aperçois tout à coup deux yeux qui flamboyaient,
Et je vois au delà quatre formes légères
Qui dansaient sous la lune au milieu des bruyères,
Comme font chaque jour, à grand bruit sous nos yeux,
Quand le maître revient, les lévriers joyeux.
Leur forme était semblable et semblable la danse;
Mais les enfants du loup se jouaient en silence,
Sachant bien qu'à deux pas, ne dormant qu'à demi,
Se couche dans ses murs l'homme, leur ennemi.
Le père était debout, et plus loin, contre un arbre,
Sa louve reposait comme celle de marbre
Qu'adorait les romains, et dont les flancs velus
Couvaient les demi-dieux Rémus et Romulus.
Le Loup vient et s'assied, les deux jambes dressées,
Par leurs ongles crochus dans le sable enfoncées.
Il s'est jugé perdu, puisqu'il était surpris,
Sa retraite coupée et tous ses chemins pris,
Alors il a saisi, dans sa gueule brûlante,
Du chien le plus hardi la gorge pantelante,
Et n'a pas desserré ses mâchoires de fer,
Malgré nos coups de feu, qui traversaient sa chair,
Et nos couteaux aigus qui, comme des tenailles,
Se croisaient en plongeant dans ses larges entrailles,
Jusqu'au dernier moment où le chien étranglé,
Mort longtemps avant lui, sous ses pieds a roulé.

Le Loup le quitte alors et puis il nous regarde.
Les couteaux lui restaient au flanc jusqu'à la garde,
Le clouaient au gazon tout baigné dans son sang;
Nos fusils l'entouraient en sinistre croissant.
Il nous regarde encore, ensuite il se recouche,
Tout en léchant le sang répandu sur sa bouche,
Et, sans daigner savoir comment il a péri,
Refermant ses grands yeux, meurt sans jeter un cri.
J'ai reposé mon front sur mon fusil sans poudre,
Me prenant à penser, et n'ai pu me résoudre
A poursuivre sa Louve et ses fils qui, tous trois,
Avaient voulu l'attendre, et, comme je le crois,
Sans ses deux louveteaux, la belle et sombre veuve
Ne l'eut pas laissé seul subir la grande épreuve;
Mais son devoir était de les sauver, afin
De pouvoir leur apprendre à bien souffrir la faim,
A ne jamais entrer dans le pacte des villes,
Que l'homme a fait avec les animaux serviles
Qui chassent devant lui, pour avoir le coucher,
Les premiers possesseurs du bois et du rocher.
Hélas! ai-je pensé, malgré ce grand nom d'Hommes,
Que j'ai honte de nous, débiles que nous sommes!
Comment on doit quitter la vie et tous ses maux,
C'est vous qui le savez sublimes animaux.
A voir ce que l'on fut sur terre et ce qu'on laisse,
Seul le silence est grand; tout le reste est faiblesse.
--Ah! je t'ai bien compris, sauvage voyageur,
Et ton dernier regard m'est allé jusqu'au coeur.
Il disait: « Si tu peux, fais que ton âme arrive,
A force de rester studieuse et pensive,
Jusqu'à ce haut degré de stoïque fierté
Où, naissant dans les bois, j'ai tout d'abord monté.

Gémir, pleurer prier est également lâche.
Fais énergiquement ta longue et lourde tâche
Dans la voie où le sort a voulu t'appeler,
Puis, aprıs, comme moi, souffre et meurs sans parler.

(N.B. Lûtfen bu şiirde orthografi – yazım hataları bulmaya kalkışmayın – *yapanlar oldu* – bu şiir orijinaldir ve hiçbir dil hatası barındırmamaktadır).

Edebiyat fakültesi master talebesi olan ve bu şiiri etüd eden bir genç kız şiirle ilgili kısa bir yorum yapmıştı, bakalım;

Epoustoufflant ce texte, tellement profond et beau, doux et douloureux.

Yorumu yapan kişi bu şiiri; muhteşem, fantastik, çok kaydadeğer bir metin olarak değerlendiriyor hem de bir o kadar derîn, güzel, hoş ve sancılı – ıztırablı buluyor.

Alfred de Vigny'nin bizzât kendisi ise – herhâlde militer kimliğiyle - şunları belirtmişti:

«*Je dois dire que j'ai cru en moi démêler en moi deux êtres bien distincts l'un de l'autre, le -moi dramatique- qui vit avec activité et vilolence, éprouve avec douleur ou enivrement, agit avec énergie ou persévérance, et le -moi philosophique-, qui se sépare journellement de l'autre moi, le dédaigne, le juge, le critique l'analyse, le regarde passer et rit ou pleure des ses faux pas comme ferait un ange gardien*».

Söylemek zorundayımki, bende birbirinden oldukça farklı iki varlığın – iki insanın ortaya çıktığına inandım; etkinlikle/ eylemle ve şiddetle yaşayan *dramatik ben* acı ve coşkuyla/esrimeyle hissediyor, enerjiyle ve sebâtla davranıyor ve *felsefî ben* ki, sık sık diğer ben'den ayrılıyor, onu hor görüyor, yargılıyor, onun tahlilini eleştiriyor, geçerken ona bakıp yanlış adımlarına gülüyor ya da ağlıyor, koruyucu bir meleğin yaptığı gibi.

Bir '*ben*'den fazlası var '*ben*'den içeri herhâlde. Ve –*maalesef*

– Vigny'nin yorumu şiirinin gerisinde çok <u>ordinaire</u> kalıyor, diğer deyişle herkesin kendisiyle ilgili yapabileceği bildik değerlendirmelerden biri.

Şu son mısra'...

Puis, après, comme moi, souffre et meurs sans parler.

Bilahare, benim gibi, konuşmadan (sessizce) ıztırab çeker ve ölür(sün).

PERFUMUM MEANS THROUGH SMOKE

Per Fumum: Latinî bir terim; **dumandan** anlamında. Zaman içinde bu iki kelime birleşiyorlar ve *Perfumum* oluyorlar. Fransızca'ya ve sonra da diğer dillere buradan geçiyor; *Par Fumée* yani '*dumandan gelen*' anlamından. Oradan da kısalıp '*Parfum*' (parfüm – daha Fransızca'sıyla; pa^ğf^{oen}) oluyor. Tam da *Tîb* üzerindeydim ki, *parfüm*ün önemli bir ustasıyla karşılaştım. 'Büyük Akıl neden bu kadar fazla biliniyor hiç de akla hayâle gelmeyecek yerlerde, mekânlarda ve bambaşka karakterler gizli gizli ondan bahsedildiğinden haberdâr oluyorlar'.

İnsan kitabında *Tîb*'den bahsediliyor, *güzel koku* anlamıyla. *Tîb*, hem karada hem de suda yaşayabilen (amphibian) bir fantastik varlığın da ismi. Tıbb ise bildiğimiz ilmin adı. *Etıbba* ise tabibler, hekîmler anlamında. *Per fumum* derin anlamda, âyin, seremoni, gizli toplantılarda kullanılan tütsü veya esritici – keyf verici koku. Sümer rahîbleri ve Eski Mısırlılar bu konunun öncüleri sayılıyorlar. İncil ve Tevrat'ta en çok rastlanan *parfüm* çeşidi *Encens* yani '*günnük*' (sığla) adı verilen buhur. *Myrte* (Myrtos; Mersin), *Cinnamome* (bir tarçın cinsi), *Acanthe* (akanthos; kenger), *Narcisse* (narkissos; nergis – zerrin), *Safran*, Rose sauvage (yaban gülü), *İris* (sevsen), *Rose* (gül), *Jasmine* (yasemen), *Lys* (zambak), *Leylâk*, *Cèdre* (sedir, kedros), *Santal* (sandal ağacı), *Bouleau* (kayın), *Portakal çiçeği*, *Lavanda*, *Menekşe*, *Mimoza*, *Benjoin* (aselbent), *Origan* (Rigani, Reyhân)…

Attar, 'esans, öz, cevher' manasına. Lezzet, Tad, Gusto, Nefaset… 5000 yıllık aroma…

Parfüm üzerine şiir yazanlar var.

Parfum exotique

Quand, les deux yeux fermés, en un soir chaud d'automne,
Je respire l'odeur de ton sein chaleureux,
Je vois se dérouler des rivages heureux
Qu'éblouissent les feux d'un soleil monotone;
Une île paresseuse où la nature donne
Des arbres singuliers et des fruits savoureux;
Des hommes dont le corps est mince et vigoureux,
Et des femmes dont l'oeil par sa franchise étonne.
Guidé par ton odeur vers de charmants climats,
Je vois un port rempli de voiles et de mâts
Encor tout fatigués par la vague marine,
Pendant que le parfum des verts tamariniers,
Qui circule dans l'air et m'enfle la narine,
Se mêle dans mon âme au chant des mariniers.

— *Charles Baudelaire*

JoAnne Basset hem şair hem parfüm uzmanı

My fragrant interpretation of this poem is one of simplicity, such as this poem.

I hear the footsteps on the cement. Endless chatter on a dismal palette.

The clock moves slowly and then the sound of the rails come alive.

A sweet, floral smell hits my nose and I turn to see the face associated with the scent.

It is one of ylang ylang a very heady scent. It is too much for my morning nose and I turn away.

The hot coffee smell is overwhelming and is in competition with the hot chocolate.

The damp smell of the rain permeates my nose and the wet wool reeks of tobacco.

A burst of citrus is like sunshine and I welcome the commuter peeling an orange.

My fragrance creation for this poem would be a combination of sweet orange oil, ylang ylang extra essential oil, coffee oil, cocoa absolute, and tobacco absolute.

Benim kokulu şiir tefsirim bu şiir kadar sade/basit demeye getiriyor şair. *Kasvetli bir paletin üzerindeki sonsuz (kokular) gevezeliği*nden – *veya muhabbetinden* - bahsediyor.

Hooop birden *ylang ylang*'a geliyoruz ki, biraz anlatayım;

Botanik bilimindeki ismi *Cananga Odorata* ve *ilang ilang* da denmektedir. **Anonagiller** (Annonaceae) ailesindendir. Bir çok türü tropikal meyve verir. Güneydoğu Asya kökenlidir. Yağı parfümeri sektöründe çok yaygın olarak kullanılır. *Cananga* kelimesi Malay lisanında *Kenonga* veya *Kananga* kelimesinden gelir ve *Ylang Ylang* anlamındadır. *Ylang Ylang* ise aynı bitkinin Tagalog (Filipin) dilindeki karşılığıdır. Yağı çok bereketlidir.

Şair bu kokuyu *heady scent* olarak tanımlıyor yani *kafa yapıcı, esritici* ya da *çok ağır* anlamındadır. Koku şairi zorluyor ve başını ondan çeviriyor. Hayatı kolay tarafından kabul etmeyi tercih eden *bühl* (ebleh) ekseriyet ağır kokulara tahammül edemezler. Ve sahîhliğini kanıtlayamadığım bir hadis var;

Cennet ehlinin ekseriyeti bühl'dür.

Allah ekalliyet'ten olmayı nasib eylesin.

Sadece sabahları - *my morning nose* - tahammül edilmese ağır kokulara, eh buna da şükür, anlaşılabilir falan demem mümkün olabilir amma bu çok büyük bir yalan. İnsanoğlu yalanı çok ve çok kötü söyler. Ekseriyet yalancıdır ve ağır olan hiçbir şey sıkleti hafîf olan âdemoğlu için yüklenilebilir değildir.

İnsanoğlu – *Batı tipi* – sıcak kahvenin kokusu ile sıcak chocolat'nın kokusunu kıyaslar ve birbirlerinden daha ezici (etkileyici) bulur. Emperyalizmin ve endüstriyalizmin kuvvetli etkilerinden biridir.

Yağmurun nemli kokusu, ıslak yünün nikotin kokusu ve dahi sıcah kahvenin kokusu Batı'nın her tarafındadır ve aslında – *ve ne acıdır ki* – insanların ekzotik veya Doğulu diğer deyişle esrarlı kokulara olan ihtiyacının – *heyhat* – karikatürü işte bu ıslak konfeksiyon ürünlerinin üzerindeki cıgara ve saflığını büyük ölçüde yitirmiş nemli yağmur kokusu olmaktadır. Ben bunlara ruhu pörsütülmüş parfümler demek istiyorum, dedim.

Narenciye patlamasıymış, portakal soymakmış... Sen nereden bileceksin *JoAnne* Kartaca havaalanındaki Mart sonu kokularını ve dahi Nisan ayında Patras'daki turunçların insanı alıp nerelere götürdüğünü oralarda boğduğunu bütün umutlarını, kahpe kanunnâmeleri, Kanunî nâm kahpelerin kapitülasyonlarını ve ölü kaftan kokularını.

Ama şuna itirazım olmaz; *my fragrance creation* – Benim koku kreasyonum yani şiiri yaratan koku anlayışım veya şiire kattığım karıştırdığım koku ve yahut şiirin parfümü. Şiirin bir parfümü ve dumanı var, tüttürmesini öğrenemedim.

Jorge Louis Borges ve *Efialtis* şiiri
Düşler var düşün ardında.
Her gece
Yitip gitmek isterim karanlık sularda

Üstümden gündüzü yıkayan, ama bu katıksız
Sular altında, bize en sonuncu Hiçliği sunan
Edepsiz harikanın nabzı atıyor bu hüzünlü saatte.
Bambaşka yüzümü yansıtan ayna olabilir.
Bir dolambacın gitgide büyüyen tutukevi olabilir.
Bir bahçe olabilir.
Hep bu karabasandır.
Dehşeti başka dünyalardan
Adı konulmayan bir şey.
Bana ulaşır söylencelerin ve sislerin dününden;
Tiksinilen imge retinaya yapışır kalır
Lekeler uykusuzluğu tıpkı gölgeyi alçalttığı gibi.
Neden boy verir benden bedenim dinlerken
ve gönlüm kalmışken yapayanlız, şu ahmak gül?

Kâbussuz yaşamı bilmeyenlere kâbus
Kâbus...
Kâbus bir ruyâ biçimi midir yoksa farklı bir kategori midir?
Nereden bakıldığına bağlı olarak değişiyor; uykuda yaşadıkları-
mız başlığı altında ele alındığında bir ruyâ veya korkulu ruyâdır.
Ancak dillere göre farklı anlamlar da yüklenebiliyor. Mesela
Arabî olan *Kâbus*'a Türkçe'de '*karabasan*' diyoruz. *Kara* ve *bas-
mak* kelimelerinin birleşmesinden oluşuyor. Almanlar *alptraum*
veya *alpdruck*, İngilizler *nightmare*, Yunanlar ise *Efialtîs* adını
veriyorlar. *Efialtis* kelimesi, Termopiles savaşı sırasında Yunan
ordusuna ihânet edip Persler'e yardım eden bir askerin ismi ve
cüce olduğunu not ediyoruz.

Şimdi biraz Fransızca *kâbus*un içine girelim: kelimemiz *Cauc-
hemar* ve *Koşmar* diye okuyoruz. Kelime, '*cauquemaire*'den (koq-
mer) geliyor, 15. asırda kullanılmaya başlanmış bir sözcük. *Ca-
ucher* ve *mare*'dan oluşuyor.

Caucher (Koşe) kelimesinin kökeni *cauchier* (Koşier) ve bunun anlamı *baskılamak, baskı yapmak*. Eski Fransızca *chauchi-er* (şoşie: baskılamak, baskı yapmak) fiili 12. yüzılda Latince *cal-care* (topuk vurmak, mahmuzlamak, yakından izlemek, ezmek, çiğnemek, üzerinde yürümek, baskı yapmak, eziyet etmek) ve, mizahî manada *cauquer* (koqe) fiili olarak kullanılıyor ve aynı anlamda yanısıra *imânı gevremek* manası da var.

Mare kelimesi ise 'mizahî' manada *mare* (mare) kelimesinden geliyor ve ortaçağ Hollanda lisanında *hayâlet* anlamında. Almanca'da ve İngilizce'de de aynı anlamda. *Mare* ve *Mara* bir tür dişi hayâlet olarak kabul ediliyor. İskandinav mitholojisinde *kötü niyetli bir dişi hayâlet*.

Cauchemar kelimesi dönemlere ve yerlere göre değişik bir otografi (yazım) sergiliyor: *Cochemare* 1694, *cochemar* 1718, *ca-uchemare, cauquemare* (Picardie bölgesi), *cauquevieil-le* (Lyon), *chauchi-vieilli* (Isère), *chauche-vieille* (Rhône), *chao-uche-vielio* (Languedoc), *cauquemare, quauquemaire* (sorcière), *cochemar.*

Karakteristik tanımı itibarıyla uyku esnasında göğüs vcya karın üzerinde bir baskı, bir ağırlık hissedilmesi. Ağır ve korkutucu bir ruyâ neticesi yaşanan gerilim olarak da ifade ediliyor.

Incubus

Latince'de, *kâbus* kelimesine denk gelen bir kelime mevcut değil. Buna mukabil, *incubus* terimi var ve *üzerine yatmış* anlamında. Daha güzel bir ifadeyle *kuluçka* diyoruz. *Incube* (Enküb) kelimesi 1372'de Fransızca'ya giriyor. (Bloch et Wartburg *Dictionnaire étymologique de la langue française* - Paris 1932).

Incube terimi kilise âleminde özel bir manada kullanılıyor. Erkek bir cin'e işaret ediyor ve bu cin uyumakta olan kadınlarla cinsî münasebete giriyor. Bu kavram direkt olarak Eski Ahid'in 'Genesis' (Oluş, Teqwin) bölümüyle alâkalı. Genesis 6: 1-14'e ilişkin *St. Augustin*'in bir tefsiri var. Bunu Allah'ın Devleti / Şehri

(*La Cité de Dieu*) isimli eserinde anlatmaktadır. Bu, cinlerden veya meleklerden çocuk sahibi olma mes'elesi 'Enoş Kitabı, 7. Başlık'ta ve 1694'de *Balthazar Bekker*'in eserinde de da gündeme gelmektedir. *Incubus* çok güçlü bir cinsî imâ sayılmaktadır. Fakat bu birleşmenin ürünü de en az o kadar mühîmdir.

Theolojik kabul ve değerlendirmelerden sonra '*incube*' teriminin tıbbın sahasına geçtiğini görüyoruz:

CAUCHEMAR. Eril isim. Halk tarafından bir tür mide hastalığına veya mide ağırlığına verilen isim. Bu baskının veya ağırlığın tarifi olarak da birinin veya bir şeyin kendi üstüne abandığı veya çıktığı hissi sözkonusu: Bilgisiz insanlar bu durumu 'Kötü Ruh'un (Le Malin Esprit) kendilerine baskı yapması biçiminde değerlendirirler.. Latince Incubus, Yunanca Ephialtis. (Dictionnaire Furetière édition 1690).

Martin Antonio Delrio 15. asırda *incubus, succubus* ve cinler'den bahisle şunları söylemektedir:

Ağırlık ve kısmen boğuntu her hâl-û kâr'da cinler'den mütevellîd değildir. En az onlar kadar sıklıkta Flamanlar tarafından 'Mare' olarak adlandırılan melankolik bir hastalık olarak ortaya çıkar. Fransızlar buna Coquemare ve Yunanlar Efialtîs derler. Hasta kişi göğsünün üzerinde ağır bir yük olduğu veya bir cin tarafından edebe mugayyir bir saldırıya uğradığı hissine kapılır.

Aynı şekilde *Ambroise Paré*'nin de böyle belirlemeleri vardır. 1815'de *Dubosquet Louis* tıp tezinde *incubus* teriminin yerine *cauchemar* terimini kullanır. Devamla, Tıp lugâtleri de '*cauchemar*'ı kullanmaya başlamışlardır.

Hippokratis, kâbusu tanımlamak için *Efialtîs* terimini kullanıyordu. Yunanca *bir şeyin üzerine atlamak* anlamındadır. Tıp tarihinde '*kâbus*' terimini ilk tanımlayan *Hippokratis*'tir. Daha sonra 4. asırda *Dr. Oribase, Dr. Macrobe, Caelius Aurélianus* ve bilâhare 5. asırda *Dr. Aétius* ve *Paul d'Égine* tarafından ele alınmıştır. Fransa'da hekim ve botanist *Dr. François Boissier de*

Sauvages de Lacroix '*Éphialtes*' terimini **kâbus** manasında Tıp diline sokmuştur (12 Mayıs 1706). Bu terim, Alman edebiyatında 19. asrın sonuna kadar kalmıştır.

Éphialtes kelimesinin '*üzerine atlamak*' manasına geldiğini söylemiştik fakat bu kelimenin Latinî '*incubus*'tan farkı içerdiği şiddet düzeyindedir. *Efialtîs*, daha şiddetli ve daha saldırgandır. Bu, Yunan mitholojisine dayanır. Yunan mithologyasında *Efialtîs* isminde iki tane '*dev*' vardır:

1. nesil dev: *Gaia*'nın (Gea, Gi, Yi : Toprak ilâhe) oğlu. Devlerin sonunu getirmek için '*Efialthion*' isimli bir bitki vardır. Mithograflar bu bitkiden bahsetmemektedirler. Bu bitki kâbuslara yol açan özel bir nebattır. *Porfirion* ve *Pallas*'ın ölümüne ilişkin efsanede iki ayrı birinci kuşak devden daha sözedilir. Nihaî darbeyi vuran ise *Herkül*'dür (İraklis, Herakles). Bu nedenle günün herhangi bir saatinde beklenmedik bir biçimde gelen erotik içerikli kâbusların sebebi olarak *Herkül* gösterilir.

İkinci kuşak (geç) devlere ilişkin olarak; *Poseidon*'un (Posidonas) oğlu *Efialtîs, Otos*'un ikiz erkek kardeşidir. İkiz kardeşler, '*buğday dövme*' görevini üstlenmişlerdir. Bu görevin tenasül uzuvlarına dönük güçlendirici etkisi olduğundan sözedilmektedir. Bunlar, kadınların üzerinde erotik *incubus*lara ve kâbuslara yol açmakta ve uyku esnasında bir boğuntu yaşatmaktadır.

İskandinav 'Mara'sı

'*Mara*' İskandinav mithologyasında '*maddesizleşme kapasitesi*' olarak ifade edilir. Gizlice bir kilidi veya bir kapıyı açma, içeriye süzülme anlamları da vardır. *Mara*'nın ağırlığı nefes alma zorluklarını ve boğuntuları da provoke edebilmektedir.

Yine *mara*'nın, '*üstüne binmek*' kabiliyeti vardır. Ter içinde bırakmak ise bir diğer özelliğidir. Bazen hayvanın (at) yelelerini veya insanın saçlarını çekmekte saç dökülmelerine ve kaşıntılara yol açmaktadır. Ağaçlar bile *mara*'dan şikâyet ederler zira dallarını ve yapraklarını koparmaktadır. Bunun dışında İsveç'te bulunan 'kıyı köknarı'na 'Martallar' adı verilir. Mara Köknarı anlamındadır.

Snorri Sturluson'un Ynglinga saga isimli eserinde mara şöyle anlatılmaktadır:

Bir uyuşukluğa uğradı ve uykuya daldı fakat uykuya dalalı çok zaman olmamıştı ki, ulumaya başladı ve Mara'nın, kendisinin üzerinde tepindiğini söyledi. Adamları ona yardım etmek için üzerine atladılar; ancak onun kafasını yakaladıklarında ayaklarını vurmaya devam ediyordu öyle ki, ayakları kırılacak gibi oldu. Ayaklarından tuttuklarında ise başını sıkıştırıyordu. O kadar ki, bu nedenle öldü.

Ve, 16. asırda İsveççe bir kitapta şunlar yazmaktadır:

Sırtüstü uyuyan kişi bazenhavada bulunan ruhlar tarafından boğulup bunaltılıyordu. Her türden saldırı ve baskı yöntemiyle onu bitkin düşürüyorla ve çok kaba biçimde onu yerden yere vuruyorlardı. Kanını çekiyorlardı ve adam tükeniyordu. Bir daha ayağa kalkamayacağını düşünüyor ve bunu Mara'nın bir eylemi olduğuna inanıyodu.

Buddhizm'de **Mara;** kötülüğün, talihsizliğin, günahın, tahribatın ve ölümün efendisi olarak kabuledilir. **Mara** ölümün ve arzunun idarecisidir. Bu iki kötülük insanı kuşatmış, gözlerini kör etmiş, onu kaba arzulara yönlendirmiştir; Bir kere insan onun tuzağına düşmeye görsün **Mara** onu imhâ etmek için hâzırdır.

Buddhist gelenek *Buddha*'nın birkaç vesileyle *Mara*'yla karşılaşıp çarpıştığını söyler. *Buddha*, Hinduizm'in sofuca geleneklerini terk ettiğinde **Mara** ona yaklaşır ve sâflığa giden yoldan onu alıkoymak ister. **Mara** daha sonra, *Brahmin* olarak görünür ve *Buddha*'yı yoga tekniklerini ihmâl ettiği için eleştirir. Bir başka defa, **Mara**, bir kasabanın ev sahiplerini *Buddha*'ya zekât vermemeleri konusunda kandırır. **Mara**, aynı zamanda *Buddha*'yı çok uyumakla ve köylülerle ilgilenmemekle suçlar.

Hristiyanlık'ta da rastladığımız meşhur mes'ele *Mara*'da da karşımıza çıkar. *Mara*, *Buddha*'yı evrensel kral olmaya ve içinde insanların barış hâlinde yaşayacakları büyük bir imparatorluk kurmaya zorlar. Hristiyanlık'taki *'Göklerin Krallığı'* mevzuu. Aslında bu suça teşviktir. *Buddha*'ya, her tarafı altından olan Himalayalar'a dönebileceğini ve eğer isterse bütün insanların zengin olabileceğini hatırlatır. *Buddha* cevaben, bir tek insanın isteğinin çok açgözlüce olduğunu ve böylece altından dağların kendisini mutlu etmeyeceğini ifade eder.

Mara, *Buddha*'yı ikna etmekte başarısız olur ancak *Buddha*'nın takipçileri üzerinde başarılıdır. *Buddha*'nın kardeşi *Ananda*'ya da yaklaşır. Kötülüğün kaynağı olarak *Mara*, öğretmenleri ile gözde öğrencileri arasında yanlış anlamaları örgütler. *Buddha*'nın öğretilerini yanlış anlayan veya bilerek çarpıtan keşişler ve bilgeler spekülasyonlardan kurtulamazlar. Daha da beteri, *Mara* keşiş kılığına girerek onların aralarına sızar. Bazen*Brahmin* olur ve *Buddha*'dan yanlış haberler getirir ve talebeleri arasından yeni bir *Buddha*'nın çıkacağını söyler. Eğer talebe bu suça yatkınsa günâhlarla dolu bir sürece girer. *Mara*, *Gautama Buddha* formunda bile görünebilir ve Buddhistler'in kafalarını karıştırır. Bu kadar *kâbus*u anlatmak neden? *Poe*'ya varabilmekti gayem.

BİR EDGAR ALLEN
POE ŞİİRİ VE BİRKAÇ KELAM

To One in Paradise
Thou wast all that to me, love,
For which my soul did pine-
A green isle in the sea, love,
A fountain and a shrine,
All wreathed with fairy fruits and flowers,
And all the flowers were mine.

Ah, dream too bright to last!
Ah, starry Hope! that didst arise
But to be overcast!
A voice from out the Future cries,
"On! on!"- but o'er the Past
(Dim gulf!) my spirit hovering lies
Mute, motionless, aghast!

For, alas! alas! me
The light of Life is o'er!
"No more- no more- no more-"
(Such language holds the solemn sea
To the sands upon the shore)
Shall bloom the thunder-blasted tree
Or the stricken eagle soar!

And all my days are trances,
And all my nightly dreams
Are where thy grey eye glances,
And where thy footstep gleams-
In what ethereal dances,
By what eternal streams.

Pine fiilini kullanıyor şair. Güçten kuvvetten düştüğünü mü anlatıyor, iğne ipliğe mi dönmüş, eriyip bitmiş mi, gerçekleşmesi çok zor arzuları mı var, birilerinin hasretini mi çekiyor Poe? Şiiri cennette bulunan birine yazıyor (mu?). Hâ, o – *her kimse* – **Poe**'nun ruhunu eritiyor, hasretini çekiyor. Onu cennete yerleştirmek biraz rahatlatıyor olabilir *Allen*'ı; *for which my soul did pine-* amma velakin sonrasında bir çizgi var.

Denizin ortasında yeşil bir ada, çeşme ve mezar. Cenazeyi mi yıkıyoruz? Devamı olabilir mi? Tapınak, kutsal emanetlerin saklandığı yer... Perili çiçekler ve meyvelerle kaplıymış her yer ve her şey. Kasvet var, kapalı hava var, bulut var... Bağıran bir istikbal mevcut... Etrafta dolaşıp duran bir rûh... Muztarîb, yaralı, felaketlere uğramış, feleğin çemberinden geçmiş bir kartal havada süzülmeye devam ediyor... Her günü vecd hâli... Gece ruyâları ise gözünün parlaklığını... Işık, ışık, daha ışık... Ether dansları, ether'de danslar... Hep bir ışık arayışı... Benim hiç bilmediğim bir şeydir bu aydınlığa doğru yönelişleri insanın; karanlık ve körlük dururken. Hiçbirşeyleri zedelememek ne ki?

Poe, Al Aaraaf'ı da yazan adam, 15 yaşından evvel hem de ve mutlaka okunmalı diyorsam, okuyunuz... birkaç satır...

Ve orası

Ah! Belki benim bezgin ruhum orada hayat sürecek

Cennet'in Sonsuzluğu'ndan ayrı

Ve fakat Cehennem'den de ne kadar uzak!

JOYCE DENEN
HERİF NE İŞ YAPAR?
(Mürtecî Yorum)

"*... Unhemmed as is uneven*"; mot a mo tercüme ettiğimizde: "*Sıradışıymış/anormalmiş gibi etrafı sarılmamış/çevrilmemiş*" şeklinde oluyor... Unutmadan belirtelim ki, *uneven* kelimesi, *dengede olmayan, sıradışı, anormal, dengesiz* gibi manalarda almayı tercih ediyorum. Katılırsınız katılmazsınız, *Joyce* okumayı az çok biliyorum ve onu niye böyle okuduğumu soranlara empathi cevabını verebiliyorum. Saçmalıyor da olabilirim, olsun, buna hakkım var.

Peki ya...

"MUHAMMED (**as**) IS UNEVEN" yani: "MUHAMMED (**as**) SIRADIŞIDIR"şeklinde okunabilir mi? Bence evet. Ben de biliyorum ideal bir İngilizce! değil; "*Joyce'ça*" çeviri yapmaya, *Joyce*'u anlamaya çalışıyoruz.

"*In the name o Annah the Allmaziful, the Everliving, the Bringer of Plurabilities, haloed be her eve, her singtime sung, her rill be run, unhemmed as it is uneven!*"

Eyvahlar olsun...

1- İngilizce'de "**Allmaziful**" diye bir kelime yok. Peki bu kelimeyi nasıl okumalı/yazmalı? Mesela, "*All-maze-ful*" şeklinde! Peki bir anlamı olabilir mi?

«**Maze**» kelimesi İngilizce "*labirenth/dolambaç*" manasına gelir.

Düz mantıkla olmaz a, "*all-maze-ful*" uydurma kelimesine bir de uydurma bir mana yüklersek: "*Her şey/Hepsi/Bütün labirenthlerle dolu*" diyebiliriz. Fakat *Joyce*'un, eskazâ benim gibi düşünmüş olsa dahi, muradını anlamak mümkün görünmüyor.

2- Yine İngilizce'de "*Plurability*" kelimesi yok. Peki onu nasıl yazalım? Bu bir öncekine göre daha kolay görünüyor: *Plurality+Ability*...

«**Plurality**»: Çoğunluk, kat kat artış, ekseriyet, ziyadelik.

«**Ability**»: Kâbiliyet, yetenek.

O hâlde yine «*senthetik*» manalandırma temelinde "**Plurability**" kelimesini "*çoğulluk kâbiliyeti*" veya "*artış yeteneği*" olarak çevirebiliriz.

3- Ve dahi İngilizce'de "*Singtine*" diye bir kelime de yok. Ancak şöyle olabilir; "*sing*" ve "*time*"; yani:

"*Sing*": Şarkı söylemek (Sing a song), ötmek, şakımak, çığırmak, ıslık çalmak, teganî etmek, ilâhi okumak.

"*Time*": Zaman.

Şöyle tercüme (tefsîr ve tev'il) edilebilir bu hâlde: "*Şarkı söyleme zamanı*" veya "*İlâhi okuma vakti*".

1- Ayrıca İngilizce'de "*Rill*" kelimesi 'derecik, küçük dere' anlamına geliyor ki, tatmin olamıyoruz. Onu da "*reel*" olarak düşünürsek, "*Dinamik dans / hareketli-çevik dans, Horon - horevo*" diye çevirebiliriz.

Evet *Joyce'ça* paragrafın içindeki dört kavramı aklımız sıra "*düzelttik*"! Şimdi bu düzeltmeler muvacehesinde evvela bir çevirelim (böylece):

"Arefesi hâlelenmiş (ayçalanmış), 'şarkı söyleme zamanı'

gelmiş - şarkı(sı) söylenmiş, hareketli dansı / horonu akıp gitmiş, sıradışıymış / anormalmiş gibi çevrelenmemiş / etrafı sarılmamış, çoğulluk kâbiliyetlerinin getiricisi, **Hayy**, bütün dolambaçlarla dolu (olan) **Annah** adına".

Bu ne berbâd bir tercüme diyenlere itiraz etmem; hakikaten de öyle. Fakat zaten beni asıl alâkadar eden de bu tercüme değil. O sebeple başka tercüme-tefsîrlere yelken açmak şart oldu.

2- "**Allmaziful**"un yerine "**Almighty**" sıfatını yerleştirirsem, "*bütün dolambaçlarla dolu (olan)*" yerine "**Kâdir-i Mutlak**" diye; "**(Al) Merciful**"u koyarsam, "**Rahman**" diye çeviriyorum.

Joyce'un Samî dillerine olan ilgisini ve İbranîce bildiğini, Arabca'yı da bilebileceğini biliyorum.

Bu cümleden destek alarak, *Joyce*'ça "**All**"u Arabî article "**Al**" biçiminde yazıyorum.

"**(Al) Merciful**", oluyor "**Al Rahman**"; hâliyle "**Errahman**".

"**Annah**"ı "**Allah**" diye okursam şu hâle dönüşüyor:

"**In the name of ALLAH, the (Al) Merciful...**"

Yani: "*Rahman olan Allah'ın adıylu (adına)...*"; yani "*Bismillâhirrahmân...*"

Eğer "**Almighty**"i koyarsak:

"*In the name of ALLAH, the Almighty, the Everliving...*"; yani: "*Kâdir-i Mutlak ve Hayy(ül Kayyum) olan ALLAH'ın adıyla...*"

"*Kâdir-i Mutlak*": Omnipotence.

"*Hayy(ül Kayyum)*": Omnipresence.

Sonra...

"*Çoğulluk kabiliyetlerinin getiricisi*"ni, "**Kitleleri uyandıran**" olarak idrak ediyorum.

Bütün bunları söyledikten sonra, "**son tecrid**"i herkesin hayal gücüne ve divanelik seviyesine bırakıp, kimseyi sınırlamıyorum.

Le dejé una pregunta que la respuesta va a durar un toda la vida
mi amigo hermoso cuyo su pañuelo sentía sangre
un día voy a peinarte el cabello con cianuro
para qu'se pase a ser en dos angeles caídos.
Bu ne mi ? Gayret sarfeden bulsun…

TILSIM

Kelime Yunanca '*Telesma*'dan geliyor. Onun da gerisinde '*Telos*' var. *Telos*, Yunanca '*Son, nihaî erek, büyük gaye*' manasına geliyor. Onunda altında '*Tlenai*' (Tlene) fiili var. Manası; *nihayete ermek, en sona varmak*. Erekçilik (gayecilik) öğretisine de '*Teleologia*' (teleology) adı veriliyor. Oradan Arabî'ye, manası genişleyerek ve biraz da değişerek, '*Tilsam*' biçiminde geçiyor ve oradan da dünya lisanlarına yayılıyor: Fransızca'ya '*talisman*', İngilizce'ye '*talisman*', İspanyolca'ya '*talismán*' İtalyanca'ya '*talismano*' ve Türkçe'ye '*Tılsım*' olarak geçiyor. Yunanca '*Telesma*' kelimesi '*sırlara dalma, tamamlama, kendini bir şeye adama*' gibi manalar taşıyor.

Ben, *Hakkı Açıkalın*, cür'etkâr ve küstâh adam… Sonunda bunu da yaptım, bütün terbiye ve iz'ân sınırlarını zorlayarak şiir – *ve üzerine* - yazmaya teşebbüs ettim. En olmadık yerlerde ve zamanlarda dolaşıp onbirbin buudu birbirine kattım. Benim için, *désorienté dans le temps et dans l'espace mais pas vis-à-vis de la personne et de soi-même* demişlerdi ve haksız da değillerdi. Oysa bilmiyorlardı ki, bu bir *reconquista* eylemiydi ve '*çok gizli*' ibaresi taşıyordu.

Annemin bile bilmediği papazlık eğitimimin bir sonucudur

herhâlde bu Tılsım; siz, yatakları steril olmayan allame adamlar, büyük şuâra, ben, kim taleb ettiyse onu çarmıha gerdim... Fesadın ateşi, fitnenin subaşı benim...

Şİ'R

(Bildik şeylerin tekrarı)

Dev bir konunun üzerindeyiz. Türk diline Arabî "*Şi'r*" kelimesinden giriyor.

Alın size bir sürü tanım, çerçeve, şiir nedir'e dair:

- Zengin sembollerle, rithmli kelam ile, seslerin ahengli kullanımıyla meydana çıkan edebî anlatım şekli.
- Bir şairin, bir devrin bu san'âtı kullandığı özel biçim.
- Manzume
- (*Mecâz*; la figure, le trope, the figure, metaphor, metafora). Düş gücüne, hayâle, imgeye (image), gönüle seslenen hatıra, his, heyecan, coşku, zevk, keyf, hazz uyandıran şey.
- Lisanın ses ve rithm unsurlarını belli bir nizam içinde kullanarak bir hadiseyi, ya da duygusal ve fikrî bir tecrübeyi konsantre olmuş ve sıradanlıktan uzaklaşmış bir biçimde ifade etme san'âtı.

Devamla;

Şiirle her türlü genel tanım ve kural arasında bir karşıtlık değilse bile, bir gerilim vardır: her başarılı şiir, dilin ve insan davranışlarının bazı genel kurallarının çarpıtılması, dönüştürülmesi, kısaca «özelleştirilmesiyle» elde edilir. Ama bu özelleştirme, her zaman **kişiselleştirme** anlamına gelmeyebilir. Büyük şiirlerde her zaman bir kişilerüstü sesin varlığı duyulur: Her hangi bir bireyin değil, dilin kendi sesi işitilmektedir.

Şiir, daha basit olarak, dize (*vers*) kurma san'âtı ya da dizelerden oluşmuş herhangi bir yazı olarak da tanımlanabilir. Buna karşı çıkan bazı şair ve theorisyenlere göre, dize şiiri değil manzumeyi tanımlayan özelliktir. Bu görüşü savunanlara göre, şiirle manzume arasında bir farklılık vardır. Her manzum yazı şiir olmadığı gibi, her şiir de manzum biçimde yazılmamıştır; düzyazı şiirler de vardır. Şiiri manzumeden ayıran, yarattığı duygusal ve düşünsel yaşantının yoğunluğu ve keskinliğidir:

Gelenektendir ya;

Şiir türleri

Epik Şiir: Epik kelimesi Yunanî Έπος (Êpos) ve onun sıfat formu olan Επικό (Epikô) sözcüklerinden köken alır. **Epik** kelimesi; mana, derin mana, kelam, ifade, sözlü ifade, hikâye, öykü, şiir ve destân – destânsı şiir anlamlarına gelmektedir. Literatürde daha ziyade '**Epik Şiir**' (Epic Poetry) olarak bilinen kavram **kahramanların hayatlarını anlatan şiirsel metinlere** tekabül eder. Tarihî olarak bakıldığında **Epik Şiir**, Sözlü Şiir ve daha doğrusu kelam etme hattâ güzel hitap etme yeteneği olan insanların kahramanların ve yüksek değer atfedilen insanların hayat hikâyelerini coşkulu bir biçimde söylemeleri olarak tanımlanabilir. Bu olayların arasında halkların ve toplulukların mücadelelerine de önemli bir yer ayrılmıştır. Anadolu ve Mezopotamya şiirlerinde bu türe koçaklama, destân, varsağı, dengbej gibi isimler verilmiştir.

Temel Epik Şiir (Fondamental Epic Poem) veya **Klasik Epik Şiir** (Classical Epic Poem) adı verilen şiir **Epik Şiir**'in aslını teşkîl eder. *Homeros*'tan (Omir, Omer, Omiros) bu yana yazılı hâle gelmiştir. *Epik Şiir*'in bölümleri aşağıdaki gibi formüle edilebilir:

- **Praepositio**: *Epik*'in girişi de diyebileceğimiz konu veya sebebin tanımlandığı bölüm. Bu giriş Allah'ın kulları için istedikleri, kullarından istedikleri, seçtiği kahramanlar ve onların üstlendiği görevler olabileceği gibi *İliada* ve *Odyseas* (Ulyssis) eserinde olduğu gibi ilâhlar arasındaki uzlaşmaz-lıklardan doğan savaşlar da buna konu olabilir.

- **Invocation**: Yalvarma, yakarma. Burada yazar – şair, *Zeus*'un 9 kızından biri olan *Musa*'lar'a (*Mouses*; Güzel San'ât Perile-ri) yakarır. Onlardan destanı yazabilmesi için ilâhî bir ilham ister. Farklı kültürlerde ilham kaynakları ve yönelimleri değişir; *Gılgamış Destânı.*

- **In medias res**: Olayların orta yerinde anlamında Latinî bir terim. Kahraman kendisini karmakarışık hadiselerin ortasında bulur.

- **Enumeratio**: Tarihlerin, şecerelerin ve katalogların sayılıp döküldüğü bölüm. Yazar bu bölümde soyuna sopuna öv-güler düzer ve onları anar.

- **Epithet**: Şân, san, unvân bölümü. Burada ağır ve ağdalı tas-virlere ve unvân cümlelerine rastlanır. *Kızıl zifir deniz...* gibi.

Klasik Epik Şiir'in en önemli eserlerine örnekler:

En eski epikler
İ.Ö. 20 ilâ 18. asır

Gılgamış Destanı (Mezopotamya Mithologyası; ölümsüzlü-ğü arayan bir kralın öyküsüdür. Destana konu olan kral *Gılgamış* İ.Ö 3000 yıllarının ilk yarısında daki Uruk kentinde hüküm sür-müştür. Ölümsüzlüğün ve bilginin peşindeki insanı yücelterek anlatan Gılgamış Destanı, günümüze kalabilmiş, bilinen en eski destandır. Akkad ve Sümer lisanında yazılmıştır).

Atrahasis (Mezopotamya Mithologyası. Akkad lisanında *at-*

rahu asīsu – hikmetli şiir). Nuh'un hikâyesi, Gılgamış destanına (*Uta-Napiştim*) ve *Atrahasis* şiirlerine, o da Sümer lisanındaki *Ziusudra*'ya – Uzun hayatın günleri destanına dayanır.

İ.Ö. 13 ilâ 6. asır

Enuma Eliş (Babil mitholojisi): Akkad lisanında yazılmış olup Babil anlayışında dünyanın yaradılışı anlatılır. Mealen *Yukarıdayken* anlamındadır. *Enuma Eliş* 7 tablet ile ilâhe *Marduk*'un zaferini ve şöhretini kutlar ve kutsar ve Babil pantheonunun hükümranlığına yükselişini anlatır. Metinler 19. Yüzyılda Musul şehri yakınlarında bulunan Ninive'de (Ninova) *Assurbanipal* kütüphanesinin yıkıntıları arasında bulunmuştur.

Destan muhtemelen M.Ö 12. Asrın sonlarında, *Nabukadnezar 1* (Nabuhodonosor I) döneminde tamamlanmıştır. Babil'in ortadan kalkmasından sonra Persler bu eserin kopilerini çıkardılar ve neo-Platonien filozof *Damaskinos* zamanına kadar onun tarafından koruma altına alındı. Destan kozmosun kökenlerini, khaosun güçleriyle ilk ilâhların mücadelelerini ve Babil'in baş ilâhı *Marduk*'un Mezopotamya'daki diğer ilâhî varlıkların üzerinde yükselişini, dünyanın ve insanın yaradılışını ele alır.

İliada - Homeros (Yunan Mithologyası)

Οδυσσεας - *Ulyssis* Homeros (Yunan Mithologyası)

Εργασίες και ημέρες / *İşler ve Günler* - Hesiodos (Yunan Mithologyası). *Hesiodos*, Yunan didaktik şiirinin babası diye anılır.

M.Ö 8. Yüzyıl (700) dolaylarında yaşadığı düşünülmektedir. Yoksul bir çiftçinin oğludur. Aiola'nın Kyme şehrinden, Yunanistan'da Boiotia'nın Askra şehrine göç etmiştir. Efsaneye göre, Helikon yamaçlarında koyun güderken *Mousa*lar, yani ilham perileri ona şairlik bağışlamışlardır. Nerede öldüğü bilinmez.

Yunan ilk çağının *Homeros*'tan sonraki en büyük epik şairi olarak kabul edilir. Eserlerinden iki tanesine bugüne ulaşabilmiştir. Bunlar, ilâhlar ile alâkalı mithler üzerine olan *Theogonia* (*İlâhların Doğuşu*) ve çiftçi yaşamını anlatan *İşler ve Günler*'dir. Yunan mitholojisi ve Yunan çiftlik hayatı üzerine bilinenlerin çoğu *Hesiodos*'un eserlerinden öğrenilmiştir.

İşler ve Günler otantik bir şiirdir, genel anlamda çiftçi yaşamını anlatır. Eserde insanın beş çağı anlatılmaktadır. Eserde bazı nasihatlar da bulunmaktadır.

Θεῶγῶνια - *Theogonia* – Hesiodos (Yunan Mithologyası)

İ.Ö. 5 ilâ 4. asır

Mahabharata – Vyasa (Hindu mithologyası). *Mahabharata* destanında ilk önce görülenler, *Vişnu* inancının egemen olmadığı zamanların baş ilâhları Veda ilâhları, *İndra*, *Agni*, *Soma* vs. dir. Destan, daha sonra, *Vişnu* mezhebine bağlı dîn adamlarının egemenliği altında yeniden biçimlendirilmiştir. Ancak destanda, erdem ve adalet ilâhı *Dharma*'nın ve "*Dharma Anlayışı*"nın da büyük bir önemi olduğu görülmektedir.

Hindliler atalarına "*Bharata*" derler. Mahabharata "*Büyük Bharata*" savaşını anlatır. Ne zaman olmuştur? Tarihi pek bilinmez; ancak savaşın gelişimi ve oluşumu çok güzel anlatılır. Kahramanlar önce söz, sonra da ok atışırlar. *Yudhişthira* bilgeliğin temsilcisidir. İlâh *Dharma*'nın oğlu olarak kabul edilir. *Bhima*'nın babası *Vayu*, *Arcuna*'nınki *İndra*'dır. *Nakula* ve *Sahadeva* ise, ikiz oldukları için, ikiz ilâh *Aşvin*'den türemişlerdir. Oysaki babaları *Pandu* adında beyaz tenli bir insandır. Kardeşi *Dhrtaraştra* ise kördür. Her ikisi de *Kuru* soyundandır. Ama sadece *Dhrtaraştra* oğulları "*Kurular*" diye çağrılır. Diğerleri "*Pandu Oğulları*"dır. *Kurular*, kötü kalbli *Duryodhana* ile 99 kardeşinden oluşur. Anlaşmazlıklar ve bunu izleyen savaş, işte bu iki akraba kral çocukları arasında olur.

Mahabharata'nın konusundan esinlenerek eser yaratmış birçok san'âtçı vardır. Örneğin Harşa, Magha ve Bhasa. Bunların içinde en dikkat çeken şair, *Kalidasa*'dır (MS 3-4. yüzyıl). Onun, destan içindeki bir öyküden (I, 68-75) yola çıkarak yarattığı *Şakuntala* adlı eseri çok ünlüdür.

Mahabharata'yı ilk okuyanlar *Sutalar*'dı (Arabacılar) *Suta*, kralın baş danışmanı ve en güvendiği kişiydi. Hukuksal sorunlara karışır, soykütüğü tutar ve saz şairliği yaparlardı. *Krşna* da bir arabacıdır ve destanda, aklı ve doğaüstü yetenekleriyle, *Pandu* kardeşlere büyük yardımlarda bulunur. Özellikle *Bhişmaparvan* (25-42) bölümünde *Arcuna*'ya okuduğu "*Tanrısal Şarkı*" (Bhagavadgita) çok önemlidir, izleyen dönemlerde din adamları (brahmanlar), sutaları, bulundukları güçlü konumdan indirerek, yerlerine geçmişler ve destan anlatıcılığı işini de tekellerine almışlardır.

700 beyitten oluşan *Bhagavadgita*'nın yazarı belli değildir ve büyük bir olasılıkla destana sonradan eklenmiştir. *Krşna*, tıpkı *Rama* gibi, ilâh *Vişnu*'nun insan olarak bedenleşmiş hâlidir. Bu duruma *Avatara* denir. Savaş öncesi, cesaretini yitirmiş olan *Arcuna*'ya cesaret vermek için, ona felsefesini açıklar ve onu yüreklendirir. Buna göre *benlik* diye bir şey yoktur. Sen-ben hep aynı varlığın parçalarıyızdır. Bugün savaşta öldürülecek kişiler, yarın bir başka bedende yeniden doğacaklardır. Bilge kişi *Krşna* tarafından belirlenen *Yoga* yolunu izlemelidir.

Bhagavadgita'da Vedalar'dan, Brahmanalar'dan, Aranyakalar'dan ve özellikle de Upanisşadlar'dan izler bulmak olasıdır.

Mahabharata destanında yer yer hayvanların konuşturulduğu (fabl türü) masallara da rastlanır. Bunlar, daha sonra ortaya çıkan *Pançatantra* masal serisine kaynaklık etmiş olabilir. Peri masallarına veya kahramanlarla ilgili masallara da rastlanır. Bunlara en iyi örnek, *Nala* ile *Damayanti* ve *Savitri* ile *Satyavan* öyküleridir. *Brahmanlar*'ın gücünü öven ve egemenliklerini pekiştiren brahman efsanelerine en iyi örnekler ise *Çyavana* öyküsü ile *Parikşhit* öyküsüdür.

İ.Ö. 5 ilâ 1. asır
Ramayana –Valmiki (Hindu mithologyası)

İ.Ö. 5. Asır ilâ İ.S. 4. Asır
Αργοναυτικα - Argonaftika – *Rhodoslu Apollonios*, Argonotlar'ın seyahatlerini anlatır.

İ.Ö. 1. Asır
Aeneid - Virgilius
De rerum natura – Lucretius
Μεταμορφοσοι - **Metamorfozlar** - Ovidius
Pharsalia – Marcus Annaeus Lucanus
Punica – Silius Italicus
Argonautica – Gaius Valerius Flaccus
Thebaid ve Achilleid – Statius

2. Asır
Buddhacarita – Aşvaghoşa - Hind Epik Şiiri
Saundaranandakavya - Aşvaghoşa - Hind Epik Şiiri
- 2 – 5. Asır
  - 5 büyük Tamil destânı:
  - **Silappadikaram** - Prens – Ilango Adigal
  - **Manimekalai** - Seethalai Saathanar
  - **Civaka Cintamani** – Tirutakakatevar
  - **Kundalakesi** – Buddhizm
  - **Valayapati** - Jainizm
- 3 – 4. Asır
  - **Posthomerica** – Quintus Smyrna
  -

- 4. Asır:
  - *Evangeliorum libri* – Juvencus
  - *Kumaarasambhavam* – Kalidasa - Hind Epik Şiiri
  - *De Raptu Proserpinae* – Claudian
- 5. Asır
  - *Dionysiaca* – Nonnus
- 5- 6. Asır
  - *Argonautica Orphica* - Orpheus

  Medieval / Ortaçağ epik (500-1500)
- 7. Asır

  Cailnge Cooley'nin ineklerinin güdümü – Kelt destanların-dan en önemlisi.
- 8 – 10. asır

  Bhatikavyatt – Hind Epik Şiiri
  - *Beowulf* - Anglo-Saxon sözlü destanı olup ilk yazımı Almanca'dır.
  - *Waldere* – Eski İngiliz Destânı.
  - *David of Sasun* – Ermenî destânı
- 9. Asır

  Bhagavata Purana – Efendi'nin Hikâyeleri. Sanskritçe.
- 10. Asır
  - *Şahnâme* (Prehistorik dönemle Sasanî imparatorluğu-nun yıkılış dönemi arasındaki Fars efsanelerini anlatan destânsı metinler)
  - *1001 gece masalları* (Ortadoğu destanı; (kısaca *Bin-bir Gece*, Kitāb 'Al Layla wa-Layla, Hazâr-o Yak Šab) ortaçağ'da kaleme alınmış Ortadoğu kökenli meş-hur bir edebî eser. *Şehrazad*'ın hükümdar kocasına anlattığı hikâyelerden oluşur).
  - *Waltharius* – St. Gallen'li Ekkehard (Aquitaine'in Latin versiyonu)

Maldon Savaşı (The Battle of Maldon) –Eski İngiliz Destanı.

- 11. Asır
  - *Taghribat Bani Hilâl* – Arab Epik Edebiyatı
  - *Ruodlieb* – Alman Latin epiği
  - *Digenis Akritas* (Bizanslı Epik şair)
  - *Roland'ın Şarkısı – La Chanson de Roland* – Fransız destanı
  - *Kral Gesar* (Tibet destânı)
  - *Manas Destânı* (Kırghız destânı)

YETER!

Doğal Epik; Yunanca 'φυσικό επικό ποίημα' (Fisikô Epikô Piîma – Tabiî Destansı Şiir) tanımından alınmıştır. Milletin hayatını etkileyip derin izler bırakan tarihî olayları, kahramanlık yönü ile işleyen manzum hikâyelerdir. Yunanlar'ın *İliada*'sı, Finlerin *Kalevala*'sı, Hindliler'in *Mahaharata*'sı örnek verilebilir.

Yapay Epik; Yunanca, 'Επιφανειακό επικό ποίημα' (Epifaniakô Epikô Piîma) tanımından alınmıştır. Yakın çağdaki milletlerin hayatlarına aittarih ya da toplum olaylarını anlatan şiirlerdir. İtalyan *Tasso*'nun *Kurtarılmış Qudüs*'ü, *Firdevsî*'nin *Şehname*'si, J. *Milton*'nun *Kayıb Cennet*'i (Lost Paradise) örnek gösterilebilir.

Lirik şiir; *Lirik* kelimesi Yunanca '*Lyra*'dan köken alır ve '*Lir*' adını verdiğimiz *mitholojik bir çalgı*ya işaret eder. Telli bir çalgıdır. Anlam genişlemesiyle, '*Lir'e değgin*' manasından öte; toplumun hemen her kesimini ilgilendiren sevinç, coşku veya acı gibi ortak duyguların veya aşk, ayrılık, özlem gibi bireysel duyguların coşkulu bir tarzda işlendiği şiirlere lirik şiir denir. Eski Yunan edebiyatında bu tarz şiirler *lir* denen bir sazla söylendiği için böyle adlandırılmıştır. Anadolu edebiyâtında halk âşıklarının (veya halk ozanlarının) söylediği şiirlerin çoğu liriktir. Kemençe kelimesinin Yunanî karşılığı da '*lyra*'dır.

Didaktik Şiir; Yunanca 'διδακτικός' (didaktikôs) kelimesinden gelir. O da *'Didaskein'* (öğretmek) fiilinden köken alır. *Belli bir düşünceyi aşılamak* veya *belli bir konuda öğüt, bilgi vermek,* bir ahlâk dersi çıkarmak amacıyla öğretici nitelikte yazılan, duygu yönü az olan şiir türüdür. Kısaca öğretici şiirdir. Theokrit'in *Herakles'in Çocukluğu,* James Thomson'ın *Château de l'indolence'ı, Lucrèce'in La Nature'ü, Ovidius'un Sevme San'âtı, Tevfik Fikret'in Halûk'un Defteri* ve bu tarzda yazılmış ünlü eserlerdir.

Dramatik Şiir; kelime Yunanca *'Drama'* (Δραμα) kelimesinden köken alır. *Dram* türü konuları içeren bir şiir sahasıdır. Acıklı ya da korkunç bir olayı konu alır. Genellikle konuyu okuyucunun gözünde canlandırabilir. Opera için yazılan manzum eserlerde de kullanılır.

Ağırlıklı olarak theatroda kullanılan şiir türüdür. Eski Yunan edebiyatında oyuncuların sahnede söyleyecekleri sözler şiir hâline getirilir ve onlara ezberletilirdi. Bu durum *dramatiko theatro* (Théâtre Dramatique) türünün çıkışına kadar sürer. Bundan sonra theatro metinleri düz yazıyla yazılmaya başlanır.

Dramatik şiir harekete dönüştürülebilen şiir türüdür. Başlangıçta trajedi ve komedi olmak üzere iki tür olan bu şiir türü dramın eklenmesiyle üçe çıkmıştır.

Bizde **dramatik şiir** türüne örnek verilmemiştir.

Ağıt; Eski Yunan'da *Miroli* veya *Elegia* ismiyle ortaya çıkmış ve Batı literatürüne *'Eleji'* olarak girmiştir. Genellikle *acı verici, üzücü bir olayın ardından söylenen* halk türküsüdür. Burada söz konusu edilen acı verici, üzücü olayın en yaygın biçimi ölümdür. Ancak ağıtın doğal âfet ya da hastalık gibi çâresizlikler karşısında söylendiği de olur. Ağıtın söylenme amacı genellikle korku, heyecân, üzüntü, isyân gibi duyguları dile getirmektir. Ağıt söyleme işine ağıt yakma, ağıt söyleyenlere ise *ağıtçı* (Mirologistra, Trnodôs) denir. Kürdler'de ise *'Dengbej'* adı verilmektedir.

Ağıtlar, ölen ya da başından acı bir olay geçen kişinin iyiliklerini, yiğitçe davranışlarını ve görüp geçirdiği önemli olayları konu edinir. Belli geleneksel hareketler eşliğinde kendine özgü ölçü ve uyaklarla söylenir.

Anadolu'nun hemen her yerinde ağıt geleneğinin izlerine raslanır. Ağıtlar yarı anonim folklor ürünleri sayılır. Türkçe'de 7, 8 ve 10 heceli ağıtlar yaygındır. En çok 8 hecelilere rastlanır.

Modern Batı edebiyatında bu terim şiirin içeriğinden çok ölçüsünü belirtir. Alman edebiyatında ölçü özelliği öne çıkarken, İngiliz edebiyatında şiir türü olarak tanınır. Örneğin, *Milton*'un okul arkadaşı *Edward King*'in ölümü üzerine yazdığı "*Lycidas*" (1838) bu kapsamdadır.

Eleji, modern şiirde de sık rastlanan önemi bir şiirsel anlatım biçimidir. *Rilke* bir şiirinden ismini alan "*Duino Elegies*" adlı bir kitabı vardır.

Deneysel Şiir; *Experimental Poem* (Poésie Expérimentale). Deneysel edebiyatın bir kolu olan deneysel şiir, şairin daha önceki tarzından çok farklı kelime deneyleri üzerine kurulu yaptığı şiirdir. Deneysel şiir asla anlaşılamayan, üzerinde uğraşılmayan olarak algılanmamalıdır. Zira deneysel şiirde de önemli eserler verebilmek emek isteyen bir iştir.

Pastoral Şiir; Latince 'Çoban' anlamına gelen 'Pastor' kelimesinden türemiştir. 'Pastoralis' sıfatından gelir. Yunanî 'Pimenikôs' adlandırılır. Doğa, köy, yayla, kır güzelliklerini ve buralardaki yaşamı anlatan şiirlere denir. Yunanlar buna 'Vukolikô Drama' derler.

Mesnevî; Özellikle Arab, Fars ve Ottoman edebiyatında kendi aralarında uyaklı (kafiyeli) beyitlerden oluşan ve aruz ölçüsüyle yazılan divân edebiyatı şiir biçimidir.

Arabî'de «*müzdevice*» denilen mesnevî türü ilk olarak 10. Yüzyıl'da İran edebiyatında ortaya çıkmıştır.

Her beytinin kendi arasında kafiyelenmesi hem yazma kolaylığı sağlar hem de daha uzun metinlerin bu şekle uygun olarak kaleme alınmasına imkân tanır. Diğer nazım şekillerindeki kafiye bulma zorluğu şairleri uzun metinlerde bu şekli kullanmaya teşvik etmiştir. Bu nedenle uzun aşk öykülerinde, destânlarda mesnevî kullanılmıştır. Mesnevî bir eser başlıca tevhid, münâcat, nâ't, miraciye bölümlerinden oluşur.

Burada şiire kısa bir tanımsal girizgâh (giriş) yapmış olduk. Kuşkusuz süreç içinde bunları detaylandırıp örneklerle zenginleştireceğiz. Tartışıp değerlendireceğiz. Böylelikle bir merhaba demiş oluyoruz.

Bir devin sırtında olduğumuzu söylemiştik ve onun bundan haberi yok. Eğer haberi olsa belki de bizi, yaptığımız tanım bağlamında, parçalayabilir. Yelelerine tutunmuşuz ve farkettirmeden ondan birşeyler öğrenmeye çalışıyoruz. Şiir dediğimizde Antik Yunan'a ve hasseten *Aristotelis*'e değinmeden olmaz. Oradayız.

Şiir san'âtı Antik Yunan'ın en mühîm mevzularından biridir. Günümüzdekinden biraz farklı olarak orada şiirin başarılı olmasını belirlemek için ölçüler ortaya konmaktadır. Mesela 'Thema'nın (Θεμα) - *ki, buna 'Mithos: Efsane, Öykü' de diyebiliriz* - ne şekilde işleneceği meselesi, bir ölçüdür. Bundan başka şiirin bölümlerinin sayısı ve özellikleri (alt başlık nitelikleri), tarih, mekân ve zaman belirlemeleri ve daha başka işaretler. Bu yönüyle bakıldığında Eski Yunan şiiri adetâ bir ölçüler ve kurallar manzumesine denk gelmektedir.

O hâlde, *Epos* (Επος), *Tragedya* (Τραγουδια), *Komedia* (Κωμωδια) ve *Dithirambos* (Δυθιραμβος) şiirleri ile flüt ve kitara san'âtlarının büyük bir kısmı taklide (Απομιμηση – Apomimisi) dayanır ve bu açıdan bakıldığında şair bir Μιμητης (Mimitis) veya Μιμος (Mimos) yani **mukallid / taklîdçi** olur. Fakat, bahsi geçen bu san'âtlar şu üç bakımdan birbirlerinden ayrılırlar:

1 - Taklîd etmede kullanılan 'araç' bakımından, 2 - Taklîd edilen 'nesneler' bakımından ve 3 - Taklîd *tarzı* bakımından. Bunlara sırasıyla, *Mêso – Prâgmata – Rithmos* adını veriyoruz.

İster bir san'âtkâr kabiliyeti, isterse de alışkanlığa dayanan bir ustalıkla olsun, bazı san'âtlar *renkler ve figürler* vasıtasıyla taklîd gerçekleştirirler. Bazı san'âtlar ise ses aracılığıyla taklîd ederler; buna göre, bütün adı geçen san'âtlarda genel olarak taklîd ya 'Rithmos' (Rithm) ya 'Lôgos' (Söz, kelâm) ve yahut 'Armonia' (Aheng, Harmoni) aracılığıyla gerçekleştirilir. Bu üçü birlikte de kullanılabilir, ayrı ayrı da. Misal olarak, flüt ve kitara, yine aynı şekilde kaval (Avlôs veya Siriggas – Syrinx) türünden san'âtlar sadece harmoni ve rithmi kullanırlar, burada 'söz' yoktur. Dans (*horôs*) san'âtı ise yalnız 'rithm'i kullanır. Dans edenler 'rithmik' beden hareketleri aracılığıyla karakter özelliklerini, ihtirasları (tutkuları) ve eylemleri taklîd ederler.

Yalnız sözü kullanan ve bunu düzyazı (*Pezografîa* – Nesir) veya nazım (*Piîsi*) olarak yapan san'ât biçiminin bir ismi yoktu(r). Genel olarak, şiirlerinde kullanmış oldukları mısra ölçüsüne göre bir bölümü 'elejik ozan' (Ağıtçı ozan) diğer bölümü ise 'Epik ozan' (Destancı ozan) olarak isimlendirilir. Bu adlandırma taklîd biçimine göre değil, kullandıkları mısra ölçülerine göredir.

Aristotelian anlayışta, şiir san'âtı genel olarak varlığını, insan tabi'âtında temellenen iki nedene borçlu olarak kabuledilir. Bunlardan birisi taklîd *içtepisi* (parôrimisi) olup insanda doğuştan mevcuttur. İnsanlar taklîde çok yeteneklidir ve bilgilerini genellikle taklîd yoluyla elde ederler. İkincisi, bütün taklîd ürünleri karşısında duyulan *hoşlanma*'dır (Arêskia, apôlafsi). Bunun nedeni öğrenme eyleminden alınan keyftir. Ancak bu hoşlanma çoğunluk için geçicidir.

O hâlde taklîd içtepisi, insanlarda doğuştan var olduğuna ve aynı şey, harmoni ile rithmin uyandırdığı duygular için de doğru olduğuna göre, bu yetiyi geliştiren insanlar ilkin uzun uzun düşünmeden yapılan denemelerden hareket ederek şiir san'âtını oluşturmuşlardır.

Şiir san'âtı, ozanların karakterlerine uygun olarak iki yönde yürür; ağır başlı ve asîl karakterli ozanlar, ahlâkî olarak iyi ve soylu kişilerin iyi ve soylu eylemlerini taklid ederler; hafîf meşreb karakterli ozanlar ise, bayağı yaratılışlı insanların eylemlerini taklîd ederler. Birinciler bunu evvela 'Hymnos'lar (Bir kahramanın şân ve şöhretini anlatan şiir) ve 'övgüler'le yaparken ikinciler 'alaycı' (piragma, hlevi) şiirlerle yapmışlardır. Homeros (Omiros, Omer) öncesinde alaycı şiire rastlanmamaktadır. Homeros'un 'Margitis'i buna örnektir. Eski Yunanca μάργος (mârğos) kelimesi deli anlamına gelir. Arkaik destanların bir parodisi biçiminde kabul edilebilir. Baş şahsiyet olan Margitis (Margites) efsanevî dangalaklığın ruhunu temsil eder; ancak 5'e kadar sayabilir, kendisini doğuranın annesi mi, babası mı olduğunu bilmez ve umursamaz, **Platon**, Alkibiadis isimli eserinde **Margitis**'in çok şey bildiğini ama hepsini yanlış bildiğini söyler. Bu eser Antik dönemde iyi bilinmekteydi; **Aristotelis**, Poetika isimli eserinde komedi türünün ilk eseri olduğunu ve İliada ve Odysseas trajedilerinin bundan esinlendiğini belirtir.

Bu şiir türünde daha sonraları ona uygun bir mısra ölçüsü de oluşuyor: İambik (Jambik) ölçü. Kökünde 'İamvizo' fiili vardır ve 'birbiriyle alay etmek, karşılıklı alaylı konuşmak' anlamındadır. Buna göre, eski ozanların bir kısmının 'iambik' diğer kısmının ise 'epik' olduğunu söyleyebiliriz. Homeros, her iki ölçüyü de kullanmıştır. İliada ve Odysseas tragedya (ahlâkî) tür için bir örnekse, 'Margitis' de komedya için bir örnek teşkil eder.

Bu konu neden önemlidir? Kuşkusuz devam edeceğiz zira, bugün dünyada uygulama bulan bütün san'âtlar başlangıçta şiirle ifade edilmekteydi. Dahası, ölçüleri vardı. Şimdi yoktur demiyoruz fakat modern zamanlarda birçok tür ortaya çıkmış ve bunların önemli bir kısmı *ölçü'*den muaf bir düzen arzetmeye başlamıştır. Bu bir sorun(sal) mıdır? Üzerinde yoğunlaşmak gerekmiyor mu? Tabiî ki, gerekiyor. Ancak, ağdalı ve girift (karmaşık) bir konu olduğu için dikkat dağılabiliyor ve yoruyor. Ve nihayetinde teknik bir mes'eledir. Her şiirsever veya şiirle ilgili kişi illâki şiirin teknik ve tarihî süreçlerini bilmek, izlemek ve fikir sahibi olmak zorunda değildir. Öte yandan, öğrenmenin faidesi de ayrıyeten izâhı gerektirmemektedir. Şiirin ıssız bir sahra, uçsuz bucaksız bir çöl olmadığını veya olsa bile *'kuralsız'* bir yabanîlik sergilemediğini vurgulamak zorundayız.

Başıboş bir şiir bir yönüyle *'korsan'* şiir anlamına da gelecektir. Yunan şiiriyle, trajedi, komedi, destan vs türlerinin yakın ve içiçe ilişkilerini bilmemiz zenginleştirici ve heyecanlandırıcı olacaktır. Tam da burada kalitenin değerine dokunmuş oluyoruz. Şiir ise *'kalitelerin şâhı'* olmakla bu gerçeklikten kopuk ve onun dışında değildir. Bilakis tam ortasındadır. Şiir için *'darası alınmış söz'* derler. Yani, 'fazla kiloları olmayan kelâm'. Bu bir açıdan doğrudur fakat tersi de geçerlidir; *Şiir bir tezyinâttır* deyimi de vardır, yani ziynetlendirme, bezeme, nakşetme, işleme, inceltme işidir de...

1. Zengin sembollerle, rithmli sözlerle, seslerin uyumlu kullanımıyla ortaya çıkan edebî anlatım biçimi, manzume, nazım.

2. Bir şairin, bir dönemin bu san'âtı kullandığı özel biçim «*Romantik şiir, Tanzimat şiiri*».

3. *Mecâz:* Düş gücüne, hayale, imgeye, gönüle seslenen, hatıra, duygu, coşku uyandıran, etkileyen şey

Divan Edebiyatı

Divan edebiyatı en kısa ifadeyle Ottoman devrinin yazılı edebiyatıdır. Arab ve Fars edebiyatının kuvvetli etkisi altında gelişmiştir. Bu etki, Arab ve Fars sözcüklerin Ottoman lisanına girmesinin yanı sıra, bu dillerin anlatım biçimlerinin benimsenmesiyle de kendini gösterir. Divan edebiyatı denmesinin nedeni, şairlerin şiirlerini Divan denen el yazması kitaplarda toplamış olmalarıdır. Qur'ân-ı *Kerîm*'in Arabî olmasından dolayı pek çok toplumun kültür dili değişime uğradı. İran edîbleri 9. Yüzyıl'da edebiyat ürünlerini, Yeni Farsça diye adlandırılan bir dille vermeye başladılar. Divan edebiyatı, Pers edebiyatının bu ürünlerinden büyük ölçüde etkilenmiştir.

Öte yandan Anadolu'da kurulan devletler, resmî yazışma dili olarak Arabî ve Farsî'yi kullandılar. Bu durum edebiyat dilinin değişmesine de yol açtı. Özellikle saray çevresindeki elit şairler ve yazarlar, eserlerini Arabî ve Farsî yazmaya başladılar. Ottomanî, divan edebiyatında kullanılan ana dildir.

Naz(ı)m *"sıra", "düzen, nizam"* demektir. Ama Divan edebiyatında nazım dendiğinde siir anlaşılır. Divan edebiyatı, daha çok şiir türünde örnekler içerir ve düzyazı eserler azdır. Divan şiiri, kurallarını Arab ve İran edebiyatından alan aruz ölçüsüyle yazılmıştır. Bunun yanında *Nedîm* ve *Şeyh Galib* gibi bazı şairlerde hece ölçüsüyle yazılmış şiirlere de rastlamak mümkündür.

Divan şairi bu konuları, Aruz ölçüleri içinde ve çok yaygın biçimiyle beyit formunda yazmıştır. Tek satırdan oluşan dize ya da mısra, genelde şiirin en küçük birimidir. Divan şiirinde ise en küçük birim beyitten, yani iki mısradan oluşur. Kelime olarak *bey(i)t* Arabî, Süryanî-Asurî, İbranî, Fenike ve Aramî lisanlarında *"ev"* anlamına gelir. *Mısra'* ise, *çift kanatlı bir kapının kanatlarından her biri*ne verilen addır.

Aruz vezninde açık ve kapalı heceler çeşitli kalıplarda, kendilerine özgü bir düzen içinde sıralanır. Şairler eserlerini yazarken seçtikleri kalıba mutlaka uymak zorundadır. Aruz, esas olarak hecelerin uzunluğu ve kısalığı temeline dayanan bir şiir ölçüsüdür. Fars dilinin edebiyat dili olarak benimsenmesi, aruzun Ottoman edebiyatına da girmesini sağlamıştır.

Aruz ölçüsü nazım şekillerine göre değişik kalıplarda kullanılır. Örneğin rubaî nazım şekli *ahreb* ve *ahrem* adı verilen belli aruz kalıplarıyla yazılabilir. *Mef'ulü* ile başlayanlara *ahreb*, *mef'ulün* ile başlayanlara *ahrem* denir. *Rubaî*'de mısralar; a+a+b+a şeklinde kafiyelidir.

Divan Şiiri;
Tanım
Divan sözcüğünün sözlük bakımından iki anlamı vardır: Belli bir kalıpla yazılan ve besteyle okunan şiir türüne divan denir. Kalıp *"failatün failatün failatün failün"* şeklindedir. Divan sözcüğü, ikinci olarak, divan tarzında şiir yazan san'âtçıların eserlerini topladıkları kitap anlamına gelir. *Divan*, klasik Türk musikisinde ise en az üçer kıtalık şiirlerden bestelenen şarkıları tanımlar. Bu kıtalar birbirlerinden ara nâmelerle ayrılır. Her kıtanın başında genellikle *"ah"*, *"yâr"* gibi bir terennüm sözcüğü eklenir. Kıtalardan biri yer yer rithmsiz okunacak şekildedir. Bir diğer kıta da *doğaçlama – improvisation* görüntüsü vermesi amacıyla tümüyle rithmsiz olarak bestelenir. *Divan*, aynı zamanda İslâm devletlerinde idârî yargı, mâliye, askeriyye ve yönetimle ilgili işleri yürüten kurul ve dâirelere verilen addır.

Divan şairlerinin eserlerini önceleri serbest daha sonra belli bir düzen içinde topladıkları kitablar divanlar, divançeler ve hamselerdir. *Divan*, divançe ve hamseler, yazarlarının adlarıyla anılırlar. Örneğin Nedim Divanı, Fuzulî Divanı gibi.

La **poésie** - Yunanca ποιεῖν *poieīn*, «*yapmak, etmek, imâl etmek, üretmek, yaratmak, şekîllendirmek, ete kemiğe büründürmek*» fiilinden - bir lisan san'âtıdır ki, rithm, armoni ve imge yoluyla bir şeyi tanıtmayı esas alır. *Linguistique* – Dil İlmi'nde şiir mesajın bizzât kendisi, merkezî anlatım olarak tasvîr edilir. Yazının ve Kelâm'ın en yüksek ifadesi. Bilinen bütün edebî formların evvelinde *Sözlü Gelenek* ağırlıklı olarak *Gizemler Şiiri*'ydi. *Vedalar, Torah* ve *Tao Te King* buna örnek teşkîl eder.

Parmenidis şiiri, <u>varlık olmayan'dan varlığa geçişi sağlayan san'ât</u> olarak tanımlar. Diğer bir deyişle şair, eşyâya gerçek varlığını yani şuurunu kazandıran insandır.

Şiirin tarihi olur mu?

Mme de Staël der ki:

Canlı ve derin duygulanımlara kabiliyeti olan bütün varlıklarda şiir vardır (Il y a pourtant de la poésie dans tous les êtres capables d'affections vives et profondes).

Varsa eğer şiirin bir tarihi diyelim, o, insanlığın, halkların, suallerin sorguların ama en çok da bilinçaltlarının kımıldayıp kılıktan kılığa girmesidir ki, *imgelem* kelimesini uygun görmüşlerdir, *imaj* yani. Neler görmedi ki bu dünya, şiir adına; Japon *haïku*'lar, Pers **rubayatı**, Pétrarque'ın **sonnet**'leri, Ottoman'ın **diwan**ı vs...

Jean Cocteau için şiir: «*L'espace d'un éclair nous voyons un chien, un fiacre, une maison pour la première fois. Voilà le rôle de la poésie. Elle dévoile dans toute la force du terme. Elle montre nue, sous une lumière qui secoue la torpeur, les choses surprenantes qui nous environnent et que nos sens enregistraient machinalement. Mettez un lieu commun en place, nettoyez-le, frottez-le, éclairez-le de telle sorte qu'il frappe avec sa jeunesse et avec la même fraîcheur, le même jet qu'il avait à sa source, vous ferez œuvre de poıte*» (Le secret Professionnel).

BÖLÜM II

ÇOK KABİLİYETLİ BİR NESİL'DEN OKUYORUM

«*Kötülük Çiçekleri*»nin Bahçıvanı
BAUDELAİRE'e DAİR BİRKAÇ NOT
Hakan Yaman
-I-

Kanlı hesaplaşmaların, siyasî entrikaların birbirini kovaladığı 19. Yüzyıl'ın ilk çeyreğinde, 1821 yılında ihtilaller diyarı Paris'te doğan ve «doğrudan 20. Yüzyıl'a seslenen eserleriyle modern uygarlığın şairi olarak ünlenen»(1) bu muztarib zekâ, altı yaşında babasını kaybeder; kısa bir süre sonra çok sevdiği annesi genç bir subayla evlenir. *Sartre*'a sorarsanız, «*Onun ünlü kırılışı bu tarihte başlar işte*». Ve *Buison*'un bir sözü: «*çok nazlı, çok ince, benzersiz ve yumuşak bir ruhu vardı, hayatın ilk vuruşuyla kırıldı o*» (2).

Annesinin ikinci evliliği dayanılmaz bir acı, telafisi imkânsız bir yenilgidir onun için. Sonraki yıllarda en rezîl fahişelerle, frengili kadınlarla düşüp kalkarken bile annesinin şefkatli kollarındaki sıcaklığı özler:

Hâtıralar annesi, sevgililer sultanı

Ey beni şâdeden yâr, ey tapındığım kadın.
Ocak başında seviştiğimiz o zamanı,
O cânım akşamları elbette hatırlarsın.
Hâtıralar annesi, sevgililer sultanı!
....
O yemînler, kokular, sonu gelmez öpüşler
Dipsiz bir uçurumdan tekrar doğacak mıdır?
Nasıl yükselirse göğe taptaze güneşler,
Güneşler ki, en derin denizlerde yıkanır.
O yemînler! kokular! sonu gelmez öpüşler!

(*Cahit Sıtkı Tarancı – Le Balcon*)

[Burada bir köşeli parantez açıyorum ve *Egoist*'ten bir alıntı yapıyorum; *her edebiyatseverin bir Baudelaire macerası vardır* diyerek kendininkini anlatan *Selim İleri* yeniyetmelik yıllarında cebinde taşıdığı *Baudelaire* kitaplarından bahsediyordu o yazıda ve *Cahit Sıtkı Tarancı*'nın "*Balkon*" çevirisini anıyordu. İlk dize unutulmazdı: "*Hâtıralar annesi, sevgililer sultanı…*" <u>Baudelaire aslında bir sevgiliden bahsediyordu</u> ama *Selim İleri*'nin de dediği gibi, "en acı <u>hâtıralar</u> bile sonunda '***anne***' olup çıkar"dı…

Bir küçük bilgi: *Baudelaire*'in <u>annesi Caroline'</u>le fırtınalı, yı-<u>kıcı bir ilişkisi olmuş</u> hep, sevgiyle nefretin birbirine karıştığı… Derler ki <u>beyaz tenli kadınlarla birlikte olamıyor, sevgililerini hep siyah kadınlardan seçiyormuş. Beyaz tenli bir kadınla yatmak ona annesini hatırlattığı ve bir nev'î ensest gibi geldiği için</u>… Hayatı annesinden borç istemekle ve çoğu zaman redde-<u>dilmekle geçmiş. Annesi</u> gün gelmiş, parasını doğru kullanama-dığı gerekçesiyle oğlunu <u>mahkemeye bile vermiş.</u>

Aşağıdaki mektubun satır aralarında hepsi var. Şairin his-settiği <u>sevginin ve nefretin kaleminden aynı ânda dökülüşünü</u> kendi sözcükleriyle okuyun.

6 Mayıs 1861

Benim sevgili anacığım,

Gerçekten annelik duygularına sahipsen ve eğer hâlâ bezgin hissetmiyorsan kendini, Paris'e beni görmeye hattâ beni bulmaya gel. Ben, bin tane korkunç nedenden ötürü Honfleur'e gelemedim. Oysa biraz cesaretle biraz da sevgiyle istediğim şeyleri orada aramak ve bulmak istiyordum. Mart ayının sonunda sana yazmıştım: *"Bir daha asla görüşemeyeceğiz!"* diye. Çünkü korkunç gerçeklerle karşılaştığımız şu bunalımlardan birini yaşamaktaydım. Oysa senin yanında birkaç gün geçirmek için nelerimi vermezdim. Sen, hayatımı 8 günlüğüne, 3 günlüğüne, birkaç saatliğine durduran dünyadaki tek varlıksın.

[...]

Her defasında sana durumumu açıklamak için kaleme sarılıyorum, korkuyorum; seni öldürmekten, **narin vücudunu** yok etmekten korkuyorum. Ve ben, durmaksızın, seni şüphelendirmesem bile sürekli intiharın eşiğindeyim. Biliyorum ki beni büyük bir aşkla seviyorsun. Kör bir zihne ve sağlam bir karaktere sahipsin. Ben, seni tüm çocukluğumda büyük bir aşkla sevdim. Sonrasında, yaptığın haksızlıkların etkisiyle, hani annenin çocuğuna adaletsiz davranması çocukta saygısız davranışlara sebebiyet verir ya, işte ben de sana karşı saygımdan öyle yoksun kaldım. Bu olaylara karşı sessiz kalmama ve alışkanlıklarıma rağmen sık sık pişmanlıklar yaşadım. Artık nankör ve agresif bir çocuk değilim. Kendi kaderim ve senin karakterinle ilgili uzun düşünüşler bana tüm yanlışlarımı ve senin tüm cömertliklerini anlamamda yardımcı oldu. Uzun lafın kısası, iş işten geçmiş ve bunun olmasının sebebi benim hatalarım ve senin tedbirsizliğindir. Kuşkusuz biz kendimizi birbirimizi sevmeye, birbirimiz için yaşamaya, en onurlu şekilde ve mümkün olduğu kadar usulca yaşamlarımızı noktalamaya yöneltmekteyiz. Bununla birlikte, yaşadığım bu korkunç durumun içinde ikimizden birinin ötekini öldüreceğine ve her şeyin sonunda birbirimizin katili olacağımıza oldukça eminim. Ben öldükten sonra, pek fazla yaşamayacağın oldukça açık zira seni yaşatan tek varlık benim. Senin ölümünden sonra, hele buna sarsıcı bir nedenden dolayı ben sebep olmuşsam, kendimi öldürürüm. Bu, su götürmez bir gerçek. Sık sık üzerinde büyük bir tevekkülle durduğun ölümün, benim durumumu hiçbir şekilde iyileştirmeyecek. Yargı süreci aynı şekilde devam edecek (neden devam etmesin ki?), hiçbir şey ödenmeyecek ve ben acılarımın artışıyla birlikte *mutlak bir inzivanın korkunç heyecanında* olacağım. Benim kendimi öldürmem ne kadar saçma değil mi?

[...]

Elveda, ben tükenmiş bir vaziyetteyim. Sağlığımdan bahsedecek olursak, yaklaşık 3 gündür ne yemek yedim ne de uyudum. Boğazım düğüm düğüm. -Ve çalışmak zorundayım.

Hayır, sana elveda demeyeceğim zira seni tekrar göreceğimi umuyorum.

Ah! Mektubumu çok dikkatlice oku ve iyice anlamaya çalış.

Biliyorum ki bu mektup senin içine işleyecek

ama kuşkusuz bu mektupta çok <u>nadir olarak duy-</u>
<u>duğun tatlılığın</u>, sevecenliğin ve hattâ umudun bir
vurgusunu bulacaksın.

Seni seviyorum.
Charles Baudelaire

Fransızcadan çeviren: Alican Yüksel]
Ve çocukluğunda bulur gibi olup kaybettiği o *«yitik cennet"*in
– *paradis perdu*, peşindedir:

«Ne kadar uzaksın ey mis kokulu cennet,
Ey sadece sevincin, aşkın ürperdiği yer,
Ey her ruhun içinde boğulduğu saf şehvet,
Ey bir ömür boyunca gönül verilen şeyler!
Ne kadar uzaktasın ey mis kokulu cennet!»

[Batı fikriyatı açısından bu şiirin problematiği şöyle tanımlanır:

Bu şiirde dile getirilen zıddiyet – *contradiction*, dünyanın güzelliği karşısındaki istiğrak (dalınç) hâli ile kendi'nin (nefsin) istiğrakının karşı karşıya gelişi - *ce poème met face à face la contemplation de la beauté du monde et la contemplation de soi.* Dünyanın – mavinin bütün tonlarının, dalgaların, göklerin, ihtişamın – güzelliğine dalan şair kendi benliğini unutmak suretiyle – *par l'oubli de soi* zevke ve esrimeye - *béatitude* varmak yerine aksine aslî yalnızlığından dem vurur ve ona sığınır.

Bu, çıplak kölelerin kokularıyla palmiyelerin taze ve serinletici kokuları arasındaki denge arayışından kaynaklı bitkinlik onun derin elemini hafifletmeye yetmez bilakis çilesini arttırır zira şuur düzeyi daha da acıtmakta ve pişirmektedir. Dünyanın güzelliği insanı kendi sürgününe gönderir.

Dahası, bu 'tamamen kokulara emdirilmiş çıplak köleler' - «*esclaves nus tout imprégnés d'odeurs*» isterseniz kokulara batmış veya bulanmış da diyebilirsiniz, şiirde koku duyusuna da hitap eder; *la sensation olfactive*.

Bu köleler için canlı kavanozlar betimlemesi de münasip olabilir. Oysa ve diğer yandan *Baudelaire*'de koku ile hatıra arasında çok seri ve ânî bir ilişki vardır. Başka bir ifadeyle söylemek gerekirse şair için koku duyusu esastır. Kuşkusuz, görme ve işitme duyuları da işin içindedirler ve birbirleriyle karışıp dururlar. Bu gelişmelerin hepsi aynı birleştirimci manzaranın - *paysage syncrétique*, içinde gerçekleşir. Koku, temas, görme, işitme hepsi birbirini izler ve adeta bütün şiirlerinde benzeri bir sıra varmış hissi verir. Bunlar birada ama ayrı ayrı etkilerle, ateşler içinde kavrulan insanoğlunun alnının üzerinde palmiyelerin taze tutucu ve serinletici - «*rafraîchissant*» bir şifa idraki uyandırır ki, insan denen meçhulün hatırında kalan yegâne his budur. Beşerin bu hararetli alnı - *le front enfiévré de l'homme*, hep ve yeniden bu hatırayla dirilir. Buna mukabil, görme ve işitme duyuları daha 'entellektüel' duyulardır. Koku ve dokunma duyuları ise daha mahremdir ve varlıklar arasında minimum mesafeyi sağlarlar.

Baudelaire, «*Le balcon*» isimli şiirinde: «*Je croyais respirer le parfum de ton sang*» - Sanırdım ciğerimde kanının kokusu var, ve birkaç mısra sonra da: «*Et mes pieds s'endormaient dans tes mains fraternelles*» - Bulmuştu ayaklarım ellerinde yerini, der. Böylece idealden melâl'e – *spleen*, doğru bir iniş başlar ve bilahare de melâl'den ideale yükseliş. Bu iniş ve çıkışlar *Baudelaire*'de daimîdir. Şair böylece nefes alır ve aynı ânda – bir lahzada – nefesi kesilir; H.A.

Aradığı dünya ile yaşadığı arasındaki farklar onu tezad uçurumlarına yuvarlar, iki yüzlülüğe zorlar. *Sartre*'ın da belirttiği gibi, «*bu yalnız adam büyük bir korku duyar yalnızlıktan, hiç yalnız çıkmaz sokağa, bir yuva, bir âile özlemi içindedir; bu çaba övgücüsü, savunucusu kendini düzenli bir çalışmaya zorlayamayan bir tembeldir; herkesi gezilere çağırır, insanların yer değiştirmesini ister, bilinmeyen ülkelerin düşünü görür, ama Honfleur'e gitmeden önce altı ay kararsızlık geçirir ve yaptığı tek yolculuk uzun bir işkence gibi gelir ona...»* (3) Halbuki o değil miydi «*Yolculuk*» şiirinde;

«Ama gerçek yolcular gitmek için giderler
Yürekleri balonlar gibidir, hafifçecik...»
diyen?

-II-

Baudelaire›de iyi ve kötü, çirkin ve güzel, doğru ve yanlış birleşip tek bir bütün olmuş gibidir. Kendi içine daldıkça bütün dehşetiyle cemiyetin buhranlarını duyar, kalabalıklara karıştıkça iç yalnızlığı büyür; kaçarken bağlanma ihtiyacı duyup, bağlanırken kaçmanın yollarını tasarlar. Ne cehennemi terkedebilir, ne cennetten vazgeçer. «*Cehennem başkasıdır*» Gözleri melek beklerken, elleri «*şeytâna övgüler*» düzer. Bir şiirinden (L›*héautontimorouménos*):

«Hem bıçağım hem de yara!
Hem yanağım hem de tokat!
Hem kurbanım hem de cellâd
Ezen ve ezilen çarkta»

Kendisini «*kendi kalbinin vampiri*» olarak gören ve böyle olmaktan şeytânî bir zevk alan bu adam her sahici şair gibi ne kadar kendi «*ben*»inin etrafında yoğunlaşırsa yoğunlaşsın, içinde yaşadığı toplumun hastalıklarını mıknatıs gibi iç âlemine çeker. Bilinmelidir ki, hayatını fabrika gürültüleri ve trafik homurtuları arasında devam ettiren sahici bir şair, çiçeklerden, kuşlardan bahsetse dahi okuyucuya bulunduğu şartları fısıldayabilir. *Baudelaire* böylesi şairlerdendir işte! Bir şiirinde «*şu kahrolası şehrin simsiyah havasından*» bahsederken rastgele bir mısra kuruyor değildir. Çünkü o, «*müsbet ilim keşifleri önünde bütün dayanak ve tahakküm hakkını kaybetmiş va mâl-i hulyâ'ya düşmüş bedbin münevverin sesiydi...*» (4)

-III-

Ruhî dayanaklarını yitirmiş bir toplum... Madde ve rûh dengesinin kaybolduğu her «*BEN*» ve her cemiyette pek tabiî olarak, o «*BEN*» ve cemiyetlerin nizamından aldıkları pay nisbetinde bir khaos yaşanır. San'âtçı bu khaosu bütün dehşetiyle duyar, yaşar. 19. yüzyıl Avrupası'nın maket şehri Paris›te san'âtçı olmanın yolu, bahsi geçen dengesizlikleri yaşamaktan, nizam adına ne varsa inkâr etmekten, asliyetini zaten kaybetmiş «dîn, ahlâk, fazilet, düzen» gibi kavramlara kafa tutmak ve bunun ıztırabını en usta şekilde dile getirmekten geçiyordu. İşte *Baudelaire* ve işte «*Elem Çiçekleri!*..»

«*LEŞ*» – *Une charogne* şiiri aynı zamanda bohem hayatını idealleştiren bütün san'âtçılara aynadır. *Baudelaire* bu şiirinde, «*tatlı bir yaz sabahında, patika yolda gördüğü bir leşi*» hatırlar ve onu tasvîr eder: «Bu leşin bacakları şehvetli bir kadın gibi havadadır ve koku dolu karnını utanmadan açmıştır. Güneş, kıvamınca pişirmek ister gibi bu pisliğin üstündedir. Bir taraftan sinekler vızıldarken, etlerin döküldüğü parçalar boyunca, koyu bir sıvı halindeki kurtçuklar hücuma geçmiştir» - *Les mouches bourdonnaient sur ce ventre putride / D'où sortaient de noirs bataillons / De larves, qui coulaient comme un épais liquide / Le long de ces vivants haillons.*

Aynı şiirden: *Et le ciel regardait la carcasse superbe / Comme une fleur s'épanouir / La puanteur était si forte, que sur l'herbe / Vous crûtes vous évanouir.*

"Ve gök bakıyordu bu nefis iskelete
Onun açılışına, güzel bir çiçek gibi;
Hemen oracıkta düşüp bayılırsınız
Kokusu murdar leşin o kadar ağırdı ki.
....
Bir garîb musikisi de vardı bu elemin
Akarsuyla rüzgârın öz musikisi gibi»

Bayıltacak kadar iğrenç kokusu olan murdar leşin «*temizi ve iyiyi görmeksizin, pislik ve iç bulantısı şehveti içinde çırpınmanın ihtilaç şiirini getiren*»(5) bu şaire güzel bir çiçek gibi görünmesi ELEM ÇİÇEKLERİ'nden işaret verse gerek. Yaşadığı dünya leş gibi geliyordu. Elemlerin musikisi benliğini kuşatmış ve ayrılmaz bir parçası olmuştu; şiirinin tohumu onların üzerinde filizleni-yor, «*bir çiçek gibi*» serpiliyordu.

Yine araya girerek *Hakan Yaman*'ı bölüp uzun uzun bir değerlendirmeye girişiyorum afv ola!

(J'espère) *dire d'elle ce qui jamais ne fut dit d'aucune* (autre)

Dante Alighieri, *Vita nova*

Bu sözleri, hepimiz bileceğiz, Béatrice için söylüyor. Meâlen; (*başkası*) *için hiçbir zaman söylenmemiş olanı onun için söylemeyi* (*umut ediyorum*).

Kadının ikiliği ve bu ikiliğin şiirsel güzellik içindeki *aufhebung*'u (bu Hegelian kavramı açmıyorum ve sadece iptal etme, ortadan kaldırma anlamıyla daraltıp size bırakıyorum) hayatın temeli olacak kadar yüksek ele alınagelmiştir. Bu kar-maşık ve yanlış cümleyi kısmen de olsa düzeltecek ve kısaltacak olursak; kadının güzelliği hem hayatın temeli hattâ kökeni oluyor hem de çelişkisi.

Şairlerin, *husûsen de yüksek olanları*, bu, kadının şiirsel güzelliği ile onun hayatın neredeyse kökeni ve temel erkânından birisi oluşu meselesini iyice kurcalamışlardır. Burada ve mesela Baudelaire'in *Fleurs du Mal* 3 kadın etrafında ele almaya cür'et edebilirim zira câhil cesur olur: kendisine Baudelaire tarafından şiir adanan birinci kadın *Jeanne Duval*'dir (22. şiirden 39. şiire kadar). Bu seriye iki şiir daha ekleyebiliyoruz: *Les bijoux* (Mücevherat) ve *Le Léthé*; ikinci kadın *Apollonie Sabatier*'dir (40. şiirden 48. şiire kadar). Üçüncü kadın ise *Marie Daubrun*'dur (49. şiirden 58 şiire kadar).

Baudelaire'in üç büyük aşkı.

Bu şiirlerde, kadınların şahsında, a) tabiatın zıddı olarak spiritüel bir tülle taçlandırıldığını söylememde bir sakınca yoktur ; bu tabiat aslında **G**üzelliğin tabiatı ve yine **g**üzelliğin tabiatıdır. B) Bu G(g)üzellik zihnin (ve/veya Ruh'un), doğuştan getirdiğimiz *Havva*'nın (ve tabiî ki *Âdem*'in yol açtığını ve *İyşâ* peygamberin iptal ettiğini hayal ettiğimiz) günahı yani *péché originel* ve Hükümrân Güzellik'tir ki, bu sonuncusu hem büyülü ve sihirli, hem kötü ve lânetli, hem ölümcül, hem mukaddes, hem ilâhî hem de mutlak gözkamaştırıcı hem de annesel (diğer bir deyişle Meryemî – *Mariale*'dir. Yine, hem iyinin hem de kötü'nün (onlar her neyseler ve siz onları nasıl algılıyorsanız) içinde ve fevkinde adetâ *Dionysiak* bir hakikat veya bilakis esrimedir

[Kadının bu, hayat veren ve aynı zamanda da öldüren – düalite – ikiliği veya ikiciliği şu dünya üzerinde san'ât adına ne varsa istisnasız hepsinin kaynağıdır. Eksik söyledim ; Yüksek ve dahi çok yüksek san'ât ve şiirin diyecektim, hepsi ve tamamı Kadın, yukarıda indirgemeye ve kısıtlamaya çalıştığım G(g) üzelliğiyle ilgilidir. Mutlak olarak olağanüstü olan kadın biraz ötede *Picasso*'nun *Ağlayan Kadın*'ı olmaya çok hazırdır. Rüyâkâr, lezîz, aceleci ve bir o kadar hassâs. *Baudelaire*'in 24 no.lu şiirinde veya *La Charogne*'da, kadın ile hayvanın cesedi (leşi) arasında analojiyi okuruz. Buna aslında ben, peri güzelliğinin cenaze versiyonu veya tersi yani cenaze güzelliğinin peri versiyonu demeyi çok isterdim. Bu kontradiksiyonlarla bezeli ve dahi içiçe olan *Baudelaire* şiiri çok çekingen, çok gizleyici olduğu kadar çok vazıhtır da.

*Kızıl Bir Dilenci'ye*sinde - *A une mendiante rousse* düalite artık aşılmıştır: sefalet ve fizikî zafiyet neredeyse çıplaklıkla giyinklik arasındaki farkın silindiği hâl, açık veya örtülü olarak G(g)üzelliğin zenginliğine dönüşür.

À une Malabaraise'i – bir Malabarlı'ya (veya bir Hind güzeline) ve *Sarah la louchette*'i bu cümleden sayıyorum. *Baudelaire* için *Sarah*, meşhur bir dişi arslandır].

Jeanne, zifirî karanlığının ve iç çelişkilerinin dâhilinde ideal kadındır.

Madame Sabatier, huzur veren, kuş gibi hafîfleten, mutluluktan uçuran, mükemmel birlikteliği (neredeyse tevhîd) yakalatan bir diğer ideal kadın. Nihayet *Marie Daubrun*, ölümcül, karanlık, alıp götüren, karşı konulamaz olan yüksek bir kadın.

İşte bunun için *aufhebung* kelimesini kullanıyorum; öldürücülüğü ile Hayat Kaynağı oluşu. En yalın ve anlaşılır ifadeyle söylemek gerekirse *Baudelaire usûlü uzlaştırıcılık* diyebilirim. Ancak bu uzlaştırıcılığın, üzerinde yükseldiği zeminin ismini uçurum koyuyorum.

Son tahlilde *Baudelaire*'in aşkı ileri derecede spekülatiftir zira temelde dionysiak olup, sürekli yenilenir ve hiçbir zaman egemen bir kapılma veya çarpılma görülmez ama Hayatın Kaynağı'nın her zaman peşindedir, trajiktir, kaderle pençeleşir, teslim olmak istemez ancak ayağını kaptırmaktan kurtulamaz ve nihayet hacc etmek gibi, tavaf gibi bir kudsiyet te içerir; onun K'abesi kadındır. Burada bitirmedik ve daha var.

Kadının düalitesi tam olarak ete kemiğe bürünmüş durumda değildir. *Madame Sabatier*'de ki, diğer iki kadından daha zekî bir kadındır, bu ikilik belirgindir. *Jeanne, Baudelaire* tarafından 'hayvanlığı' cihetinden çok sevilmiştir. *Jeanne* dünya zekâsından hazz etmez yani insanların birbirleriyle ilgili zekâ yarıştırmalarına kayıtsızdır. insanın yarattığı kültürlerle de ilgisi yoktur. O mükemmel bir *'bête*'tir – *hayvan*. Burada kullanabileceğimiz *'bêtise*' kavramının *salaklık, zırvalama, saçmalık, aptallık* vs anlamlarıyla ilgisi yoktur. Tam da çıplak anlamıyla '*hayvanlık*'tan bahsediyoruz. Bu *bêtise*, sıklıkla G(g)üzelliğin ziyneti oluyor, kırışıklıkları gideriyor, ilâhî bir kozmetikten dem vuruyorum. Bu kozmetik, düşüncemizin bizim hazırladığı putlarımızı ısırılmaktan esirgiyor, koruyor. Kabalıktan, iyi yalanmamış ayılıktan (*ours mal léché*), köylülükten böylece korunuyoruz.

Baudelaire'in anladığı hayvanlık ve zekâ bu mudur? Bilemiyorum. Göreli olmalıdır. *Fusées*'lerde: *Aimer les femmes intelligentes est un plaisir de pédéraste* – **zekî kadınları sevmek bir pederast zevkidir***, diyor. Burada, *George Sand*'ı kaçınılmaz olarak bir <u>erdem timsali</u> olarak aldığını varsayabiliyoruz: Sünnetli Hermafrodit - *Hermaphrodite-Circoncis*; birebir bir ilişki olarak da okuyabilirsiniz, mecâz olarak da (her iki cinsin karakter özelliklerini taşıyan anlamıyla). Daha çok bilgi için *Comte de Lautréamont*'a başvurulmasını tavsiye ediyorum. **Birbirlerine delicesine âşık olan erkekler** konusunu ise tabiîdir ki *Alfred de Musset*'ye bırakıyoruz. *Baudelaire* bir yönüyle boğanın alnından böylelikle kaçmış olur, <u>ama bir yönüyle</u>! zira bu onun açmazlarından biridir. Riyâdan kaçar, şiddetle direnir, içine düşmemek için sürekli arınmaya çalışır ve kadına daha fazla kaçar.

Baudelaire, kaba olmayan *hayvan*'a doğru kaçmakla doğuştan gelen yeteneğe doğru koştuğunu zanneder, toplumun 'zekî ve kültürlü' diye tabir ettiği bu *hayvan*'ı tertemiz ve insana hiç bulaşmamış bir *hayvan*'da arar. Toplumdan kaçarken kendi 'toplumsal' bilinçaltına yakalanır. Hakikati *hayvan*'da bulmayı umut eder.

Baudelaire, Laclos'nun *Les liaisons dangereuses* üzerine yazdığı notlarda **bu kitap eğer yakacak olursa, ancak buz biçiminde yakar** - *ce livre, s'il brûle, ne peut brûler qu'à la manière de la glace,* der. Zirveye çıkaran ve yerin dibine batıran *Jeanne* ile ideal ve açık zihinli kadın *Madame Sabatier*'yi kıyasladığını öngörebildiğimiz eserinde, kadının düalitesini bize biraz gösterir. *Baudelaire* o eseri, bir biçimde, **Dokunan Havva** – *Eve Touchante* diye tanımladığı *Laclos*'nun gerçek karısı *Madame de Tourvel*'in (lakabı *la Présidente*) saf ve temiz tabiatı ile yüksek suç potansiyelli bir ruha sahip olan şahâne *Merteuil*'ü kıyaslar. Onu da **Şeytanî Havva** - *Eve Satanique* diye adlandırır. Sisli, hülyalı ve Lilithvarî bir *Havva*.

Lilith – Tevrat'ta açıkça yer almamasına rağmen; birçok Musevî dînî kaynağı 2. Bölüm'de sözü geçen *Havva*'nın *Âdem*'in başka bir karısı olduğu, birinci bölümdekinin ise ilk karısı olan *Lilith* olduğuna inanırlar.

İbranîler'in eski inanışına göre *Lilith, Âdem* ile aynı zamanda ve aynı ânda yaratıldığından *Âdem*'in kendisine eşit olduğu görüşündedir. *Âdem*'le birlikte olmayı şiddetle reddeder. *Âdem* ısrar ettiğinde ise büyü ile kaçar ve onu terk eder. Melekler geri getirmek için *Lilith*'i bulur ama kendisi Kızıldeniz ile birlikte olduğundan 100'den fazla cin çocuğu olduğunu, bu nedenle artık *Âdem*'e sadık olamayacağını bildirir. Melekler, geri dönmesi için her gün bir cin çocuğu öldürmeye başlar. *Lilith* de bunun karşılığında *Âdem*'in soyundan her çocuktan, erkeklerde sünnet oldukları 8. güne, kızlarda 20. güne kadar kendi adının yazılı muskayı taşımayan çocukları öldüreceğine yemin eder. Bugün dünyada var olduğuna inanılan cinler *Âdem* ile *Lilith*'in ve *Tuval Kabil*'in eşi *Naama*'nın birlikteliğinden meydana gelmiştir. *Âdem* ile *Havva*'nın sınırlı hayat ile lanetlenmeden önce cenneti terk ettiğinden ölümsüzdür. *Lilith*'den sonra Allah, <u>ismi bilinmeyen</u> <u>bir başka eş daha yaratır</u> ve *Âdem*'de bu yaratılışı seyreder. Gördüklerinden çok etkilenir, <u>yeni eşi kabul etmez</u>. Üçüncü olarak, daha sonra *Âdem*'i uyutur ve kaburga kemiğinden *Havva*'yı yaratır. <u>*Havva* sonuçta erkeğinin bir parçasından yaratıldığından</u> <u>ona tâbî olur</u>. *İnanna* ile aynı kişi olduğuna da inanılır.

Buradan yola çıkarak *Lilith*'in, *Havva*'nın negatif kabbalistik yüzü olduğunu söylemek mümkündür. Buradan hareketle *Baudelaire*'in, bu hikâyeye de vakıf olmakla, kendini *Âdem*'lerden bir *Âdem* olarak (İbranî inancında birden fazla nesil kıyameti ve birden fazla *Âdem* vardır) okumak istediğini ve hâliyle *Lilith*, bilinmeyen eş ve *Havva* üçlüsüne uygun olarak 3 karakter belirlediğini ve herbirine bir kutsal kitap (şiir) verdiğini ve bu yönüyle de ilâhlaşma sürecine girdiğini söylemek yanlış değildir.

Sefer Sefiroth'a kadar ulaşıyor. Kadın düalitesine geri geliyoruz; bu düalite en eski (ilk) günahtan daha eski yani daha evvelden mevcut. Burada eşmaddeli – *consubstantiel* kavramını kullanmanın zamanıdır. Her gerçel kadın bir *Havva*'dır. Her *Havva* *Deborah* veya *Jezabel* kutuplarına doğru yönelir. İzrael'in peygamberi ve 5 hâkimden biri (*Dvorah* veya *Deborah*) veya en büyük günahkâr *Jezabel*.

Havva referansı başka türlü de okunabilir: *Havva, Lut'un kızları, Sarah, Rahab, Judith, Miriam-Marie* [Sandrick Le Maguer'in *Portrait d'Israël en jeune fille* – **İzrael'in genç kız portresi** isimli eserinde arkalı önlü görünümüne göre 7 cinin kuşattığı bir canavar kadınken diğer yüzde azîze ve ilâhîdir. Mis kokulu ve lekesiz zambak. *Miriam-Marie* şahsında kadın düalitesi; *Meryem-Meryem*. *Meryem*'in, *Havva*'nın, kadının iki yüzü. *Eve* yani *Havva* kelimesinin İbranîce'si *hawah*'dır ve *Yaşayan* (kadın, dişi) anlamındadır. Buradan hareketle, *yaşayan herşeyin anası* anlamını kondurabiliriz.

Bütün bu değindiğim konular *Baudelaire*'in eserlerinin dialektik kalbini oluşturuyor, aynı Laclos (*le duo Tourvel/Merteuil au centre des Liaisons dangereuses*), Sade (*Justine/Juliette* kin ve erdem düalitesi), Rousseau (*La nouvelle Héloïse*), Sollers (*Femmes* - Kadınlar), Bataille (*le duo Dirty/Lazare Le bleu du ciel*) örneklerinde olduğu gibi.

G(g)üzellik - Beauté *Baudelaire*'de çok mühîmdir: *La beauté* (XVII), *L'idéal* (XVIII) ve *Hymne à la Beauté* (XXI). Bu son örnekte, *ister Gök'ten gel, ister cehennemden, farketmez / Ey G(g) üzellik, devasa, ürkütücü, içten/saf/temiz canavar!* Que tu viennes du ciel ou de l'enfer, qu'importe, / ô Beauté! monstre énorme, effrayant, ingénu!» (sonuncu sıfat – *ingénu* - güzel saflık, doğuştan gelen tatlı cehalet veya doğuştan özgür olma hâli'dir) *Baudelaire*, G(g)üzelliği hep ilk sıraya koyuyor. Bu şiirin hemen ardından gelen *Parfum exotique* (XXII) şiirinde, kadının güzelliğiyle uzak adalardaki kokuları kıyaslar. Bu mutlu ve huzurlu girişten sonra işler birden tersine döner ve herkes kızıl ideal'in derinliklerini kazımaya başlar. Alın size gözkamaştırıcı bir karanlıklar serisi: *ô bête implacable et cruelle* – ey acımasız ve vahşî hayvan (XXIV), *ô femme, ô reine des péchés, vil animal* - ey kadın, ey günahların kraliçesi, aşağılık hayvan (XXV), vs. Tabiatla aynı tabiata sahip olduğunu inkâr eden ve bu nedenle ilk günahı işleyerek insanlığın başına ve hâliyle *Baudelaire*'in (Âdem) başına bela olan, güzelliği ise gözkamaştırıcı bir karanlıkla izah edilebilen *hayvan* olarak kadın böylece tabiatından soyunup yabancılaşan kadın.

Tabiatın kendisi, kendinin farkında mıdır, yani bilinci var mıdır? Zor soru. Buna mukabil kadında bu cehalet bir bilinçdışı bilinç - une «inconsciente» *conscience* olarak ortaya çıkar ki, *Baudelaire*'in en daraldığı yer burası. Şair bunu çözemiyor yani kadının ne zaman çok bilinçli bir hayvan ve ne zaman çok bilinçsizce hareket eden bir insan olduğunu ve geçişleri kavramakta çok güçlük çekiyor. Aşmanın tek yolu şiirdir. *Baudelaire*'i yaratan, kadın oluyor.

Şair, kadının sırrını ve gücünü anlayabilmek için dionysiak güzelliği delip geçmeye kalkıyor ki bu güzellik kadın'ın zıddıdır. Şair, *Havva*'nın derin mantığını ve mahrem yasalarını yakalamaya çalışırken en ileri noktalara gidemiyor, bir yerlerde takılıp kalıyor. Takılıp kaldığı yer kadına lanet okuduğu yerdir. Sonuçta kadının güzelliği ile kötülüğün – *Mal* gözkamaştırıcılığı esthetik ve edebî manada yer değiştirir veya içiçe geçer. Bütün bunlar *Baudelaire*'i deli eden ve yukarıya aldığımız mektubu bir yönüyle anlatan unsurlar oluyor.

Le possédé - Ecinni şiirinde (XXXVII) işler iyice karışır: zıddiyet büyür: *Aşk ile Belzebuth karşı karşıya gelirler: istediğini ol kara gece, kızıl şafak / titreyen bütün bedenimde bir lif bile değildir / sadece şunu haykırsın: Ey sevgili Belzebuth, sana tapıyorum* (Sois ce que tu voudras, nuit noire, rouge aurore ; / Il n'est pas une fibre en tout mon corps tremblant / Qui ne crie: *Ô mon cher Belzébuth, je t'adore!*)

Şeytana tapmanın enteresan bir yolu (mu?). Şeytana taparak kadını sevmek, şiddetli bir ilişki. Şeytanların şahı sayılan *Beelzebul* (İbranî kökü *b'l* ve *zbl*) ve aynı zamanda büyücü kadın. Her demonyak kadın *Baudelaire*'e randevu verir. Her randevuyu şiirde gerçekleştirir. Fransa'da en son büyücü kadın infazı 1856 yılında yakmak suretiyle gerçekleşmiştir ve *Çiçekler* sadece bir yıl sonra yayınlanmıştır.

Edebiyatta Kötülük – *Mal* var. Bu *Mal* bazen resmî mukaddesin muhafazasına, bazen de ve sözümona onun negatif okunmasına tekabül ediyor. Papalık dogmaları mutlak mukaddes olup edebiyat bu mukaddesi katedip geçen bir araç ve şair bir biçimde saygılı olmak zorunda. Saygının bir işareti kadını lanetlemek, rezil rusva etmek ve büyücüleştirmekten geçiyor. Baudelaire kadını büyücüleştirmek ve iblisleştirmek zorundaydı. Taptığı kadını (kadınların hepsi) mukaddese dairesinde lanetlerken, düalitesi üzerinden ilâheleştirmenin yollarını aradı ve buldu da. G(g)üzelliğini şeytanî sıfatlara boyadı ve kendisini zora sokabilecek hiçbir alan bırakmamaya özen gösterdi. Bu, bir trajik uzlaşmadır.

Kadın da kadının güzelliğini bilir, fakat birbirlerini çoğltamayacaklarını da bildikleri için aralarındaki aşk sembolik olarak devam eder ve bunu Dionysos usûlü günah olarak – *Bacchante* – adlandırmak imkânsız değildir. Baudelaire kadının güzelliğinin yüksekliğini kaşfetmesinin yanısıra bu tekyönlülüğünü de farketmişti. Bunu da kadın kadın düalitesinin bir parçası olarak ele aldı. Bunun en derinlerinde bir yerlerde Hristiyanî bir tercihi çok farklı ve göreli ıssız yollardan geçiriyordu, *Baudelaire*. Bu gerçeklik, ancak ve ancak *Rimbaud*'nun ortalığa dökeceği hiperkatholik unsurun ufukta belirmesiyle (*Baudelaire*'in yüzlerinden birinin maskesi) kısmen de olsa kazınmış oluyordu. *Rimbaud*'ya göre, *Baudelaire* ne aradığını biliyor ama nerede bulacağı konusunda emîn olamıyordu; seçtiği yollar çok dolambaçlı ve belki de tehlikeli olduğu hâlde yine de bunu tercih etti; kadın üzerinden Hristiyanlığa ulaşmak istiyordu.

Thrakia'da düzenlenen *Dionysios* şenlikleri 'Boynuzlu Tanrı' onuruna gerçekleştiriliyordu. Bu tanrı, verimliliğin ve tabiatın tanrısı olan Dionysos'tan başkası değildir diyenler olduğu gibi, Pan'dır, Lug'dür, Mithra veya başkasıdır iddialarını ileri sürenler de vardı. Hiçbiridir; bereketin ve tabiatın tanrısı, *Baudelaire* için, aslında kadındır ve *Iyşâ* peygamber değildir. Bu da *Baudelaire*'in düalitesi oluyor *Hristiyan Baudelaire* vs *Natüralist Baudelaire*.

Bu şenliklerde orjiler düzenleniyor ve esriniyordu. Ortaçağın ortalarından itibaren Katolik Kilisesi kendi orjilerini ve ensestüel atmosferini maskeleme temelinde kavramları değiştirmeye başladı ve o *Boynuzlu Tanrı* direkt şeytana dönüştü. Kilise uluları buna *Verbouc* diyorlardı. Bu kelime Almanca *Werbock*'tan gelir ve *Boynuzlu Adam* anlamındadır. Zamanla insan algısının yerini şeytan algısı almıştır. *Baudelaire* için kadını *trou du bouc* olarak okumak yerindedir; teke deliği (şeytan deliği). Bu şeytan deliği, *Belzebuth*'un, azîzlere ve kilise babalarına da göründüğü ve dünyaya çıktığı yerlerden biri olarak algılanır. *Belzebuth*, göründüğünde boş geri dönmez; insanların neyi var neyi yok alır götürür, yâr olmaz, aynı Hristiyanlığın ve diğerlerinin söylediği gibi! Sadece insanın varını yok'unu almakla kalmaz, geleceğini ve dünyasını da karartır. İnsanın hayal gücü bir tekeyi zaman içinde boynuzlu, kanatlı ve vahşî bir yaratığa dönüştürmekte mahir oldu. Bu canavara dönüştürülen yaratık-kadın ın cehennemden geldiğine ve *Lilith*'in transforme olmuş hâllerinden biri olduğuna da inanılır. Âyinler'in, Cellatlar'ın ve Şeytanlar'ın kökeni hep aynıdır; kadın. *Baudelaire* de bunu böyle okuyanlardandır. Hristiyanlığa doğru yola çıkarken başvurduğu kaynak kadın oluyor. Başka bir acıya gerek duymamaktadır.

Şu nasıl bir efsane olabilir ki?

*Tes nobles jambes, sous les volants qu'elles chassent, / Tourmentent les désirs obscurs et les agacent, / **Comme deux sorcières qui font / Tourner un philtre noir dans un vase profond*** - O asil bacakların senin avlamakta, Çılgınca istekleri, etekler ardında, Aranan özsuyudur aşkın, Süzülmüş tortularından karanlıkların (*Le beau navire*, şiir LII).

Bu şiir Dionysiak'tır. G(g)üzelliğin bir tarafıyla daha çok ilgilidir. Yabancılaşmış bir ruhu anlatıyor, satanik güzellik budur.

Şimdi, *O şuh kadına* biçiminde tercüme edilen şiirin en son mısraına bir bakalım, evvela şiirin bir kısmını vererek: *Et le printemps et la verdure / Ont tant humilié mon coeur, / Que **j'ai puni sur une fleur** / L'insolence de la Nature / Ainsi je voudrais une nuit, / Quand l'heure des voluptés sonne, / Vers les trésors de ta personne, / Comme un lâche, ramper sans bruit, / **Pour châtier ta chair joyeuse, / Pour meurtrir ton sein pardonné**, / Et faire* *à ton flanc étonné / Une blessure large et creuse / Et, vertigineuse douceur ! / A travers ces lèvres nouvelles, / Plus éclatantes et plus belles, / T'infuser mon venin, ma soeur!*

Bu son mısra **Kız kardeşim, zehrimi sana kusmak** diye çevrilmiş. *Baudelaire, mon venin - zehrim* derken neyi kastediyordu ? Cevap: spermi. Daha önemli bir şey var; *Baudelaire* ilk evvela oraya *mon venin –zehrim* yazmamıştı, *mon sang – kanım* yazmıştı. Kadına gönderdiği el yazmasında böyledir. Dilde bir değişme, bir kıvrılma görüyoruz. Baudelaire sıkıntılıdır; kendi kara tabiatını açığa vurup vurmamak konusunda kuşkuludur. Sperm var (*venin*) ama soy / aile bağı (*sang*) izahı daha zor görünüyor, *Baudelaire*'e, değiştiriyor. Ama bu değişiklik onda bir yara açıyor. Bunu, *Baudelaire*'in frengi olmasına bağlayıp, sperminin o nedenle zehirli – sifilitik olduğunu söyleyenler var. Böyle düşünmek için *Baudelaire*'i iyi tanımamak yeterlidir, kaçamıyor, kaçınamıyor; her ne kadar bu iddia bizzât *Baudelaire*'in kendisinden gelmiş olsa dahi. Günaha yatkın tarafını açığa çıkarmak zorundadır. İlk günah nasıl gerçekse bu da kaçınılmazdır.

Tercüme eden, *Que j'ai puni sur une fleur / L'insolence de la Nature* beytini *Doğa'nın kendini bilmezliğini / Cezalandırdım bir çiçek üzerinde* diye çeviriyor. Kadın-çiçek analojisi. Tabiatın baharda, önce dekompoze sonra rekompoze olması, yeniden doğuş esprisi. Tamam, ancak ortada bir de *ma sœur* yani *kızkardeşim* de var ve zehrimi (sperm) ona akıtıyorum. *Baudelaire* bunu hem başdöndürücü bir tatlılık - *vertigineuse douceur*, olarak algılıyor hem de güzelliğini ürkütücü buluyor, neredeyse kanlı bir kapışma gibidir.

Sembolik bir birleşmedir ve cehennemin dibi, ateşin yalazı ve zehir hepsi birden ense kökündedir. Bu aşk natürel olmaktan ötedir, ilâhîdir. Aşkî apotheoz diyebilirim. Nihaî kelime «*ma soeur*» başarılmış ensestin onu suça götüren aşk kapısı oluyor. Onun mükemmel ve yakan günahı budur. Yakan huzur.

Kocasız doğuran *Meryem* – *Madone* da *Baudelaire* usûlü aşkın ondaki kanıtıdır. Kocanın yerini BABA alıyor: PATER. Böylece PATER – FILI - SPIRITUM SANCTII tamama ermiş oluyor. Madonna ölümsüz puttur. *Marie* ise cezasını Haç'ın üzerinde çeken *Meryem*'dir; düalite. O nedenle, bir *Meryem* ve bir de ikinci *Meryem* (Magdalena) var.

Enfin, pour compléter ton rôle de Marie, / Et *pour mêler l'amour avec la barbarie*, / Volupté *noire*! des sept Péchés capitaux, / Bourreau plein de remords, je ferai sept Couteaux / Bien affilés, et, comme un jongleur insensible, / Prenant le plus profond de ton amour pour cible, / Je les planterai tous dans ton Coeur pantelant, / Dans ton Coeur sanglotant, dans ton Coeur ruisselant!».

Artık <u>Ensestvarî Yüceltmeye bir övgü düzme</u> durumu buradadır. Daha ileri gitmiyorum. Anasına çok düşkündür ve onun *Meryem*'i odur. İyşâ aşkına *Meryem*'le hemhâl olması gerekmektedir. *Baudelaire*, BABA'ya giden yolda APOTHEOZ'dan mutlaka geçecekti ve bunu aşkla ve aşkın bir ıztırabla yapacaktı, yapabilen nadir ustalardan biridir.

Sözümü burada bitirip diğerlerini *Baudelaire*'den devam ettiriyorum.

-IV-

Baudelaire:

«Ünlü ozanlar şiir ülkesinin çiçekli illerini çoktan bölüşmüşlerdi. *Kötülük*'ten *Güzellik*'i çıkarmak güç mü güçtü; yine de hoş geldi bana bu durum» (6).

Sabahattin Eyüboğlu:

«*Baudelaire*'de, eski değerlerini tüketip yeni değerler arayan Avrupa'nın sıkıntıları, doğurma sancıları başlar (...)

Baudelaire'den sonra kafa duyguların değil, duygular hattâ duyular kafanın emrine giriyor. San'âtçı beynini kurcalıyor, zorluyor, deneylere sokuyor».

Nedim Kula:

«Yeryüzünde sürgün yaşayan günlerini yitik bir cennetin arayışı içinde geçiren biri olarak çıkar hep karşımıza. (...)

Bir şair olarak, şiir aracılığıyla, görünmeyen dünyanın gizlerini çözerek dünyayı yaşanılır kılmayı arzular. (...) Rûhu çürüten sıkıntıyla, bedeni kemiren zamanın elinde yenik düşmüş insanı yüceltmek için uğraşır (...)

İlginç ağaçları, tatlı meyveleriyle enginlerde kaybolmuş, uyuklayan bir ada getirir hep gözlerinin önüne. Sıcak ülkelerin denizlerinde yıkanarak günahlarından arınmayı amaçlar (...)

Kendisini bu dünyâda sürgün hisseden san'âtçının yazdığı şiirler bambaşka bir özgürlüğün muştucusudurlar (...)

Acıyı tanıyarak, acının güzelliğini doğal bir şekilde ilk o yansıtır. Şiirleriyle bilinçaltını ortaya sererek yaşadığı toplumun özgün bir yankısı olur» (8)

Necîb Fazıl:

«(*Baudelaire*), için için hazırlanmakta olan bir kanser gibi, asrının ve ilerinin buhranını yaftalayabilmiştir: (Spleen ve ideal)... (Splin-Spleen) İngilizce bir kelime... «*Dacret-hafakan*» ma'nâsına... (İdeal) ise belli; ileriyi, öteyi arama iştiyakı...

O devirde, mücerred ilimler ve müsbet bilgilerde Batı'nın merkezi (metropolis) olan Paris'te, kapkaranlık gökler ve fabrika dumanları altında nereye yol verdiği belirsiz kaldırımlar ve başları dönen çatılar, bu marazî şaire, Batı aydınının ruh ihtilâç ve irtiaşlarını ilham etmekte bir anten vazifesini görmüştür. Onun (*Les fleurs du mal*-Fenâlık Çiçekleri; Elem veya Kötülük Çiçekleri diyenlere düşman değilim H.A) adlı şiir kitabı, (sosyolojik) gözle, iflâsa giden ve ruhî dengesini kaybetmeye başlayan Batı'nın peşin habercisi mâhiyetindedir. Fikirde değil san'atta... Düşünüşte değil sezişte... Keşfettiği ve maddî fâidelere memur kıldığı makine (robot)larının ileride tutsağı mevkiine düşecek olan Batı, san'âtkârına, henüz ortada hiçbir şey yokken, ruhun yeryüzünden bir güneş gibi çekilmesiyle doğan boşluğu, korku ve dehşet psikolojisi içinde, bir (nostalji-gurbet duygusu) ve (melânkoli-hüzün kabusu) aşılayarak ilham etmiştir. Bu hâl, kaybolmaya yüz tutan bir ruh nizamı ve imân sarsılışının san'atta canhıraş tecellisinden başka birşey değildir ve bu tecelli aynalarının neye âlet oldukları hakkında şuur sahibi olmaya ihtiyaçları yoktur. Arı bal yapar, kimyâger hesabı yapmaz» (9)

-V-

İdeali aramayla toprağa bağlanma arasındaki bir berzahta kıvranan insanoğlunun oluş ıztırabını hakikatin hakikatine nisbetle heykelleştiren adam.

Baudelaire bu ifadenin neresindedir? «İdeali aramayla toprağa bağlanma arasındaki bir berzahta» kıvranmış, bunun sancısını duymuş, duyurmuş ama oluş ıztırabını son tecride yanaştıramamış, cenna ile cehennayı ayırmamış bir münzevî... Şu ifadeler *Baudelaire*'in:

«Her insanda, her saat, zamandaş iki dilek vardır; biri Allah'a doğru, öteki şeytâna doğru.

Allah'a yahut ruhçuluğa sığınış, bir basamak basamak yükselme isteğidir; şeytânınki yahut hayvansılığınki ise bir iniş mutluluğudur»(11)

Baudelaire bu iki dileği birleştirmiş, *«yükseliş ıztırabı»*nı değil de, *«iniş mutluluğu"*nu tercih etmiştir. Bir şiirinden:

«Ey ölüm, koca kaptan, artık gitmeliyiz!
Ey ölüm! haydi, bizi boğdu bu memleket!
....
Bu girdab, Cennet veya Cehennem, dalalım
Yeniyi bulmak için Meçhûl'ün dibine!..»

Bu adam için «*cennet* veya *cehennem*» farketmiyor, sadece meçhûlün dibindeki yeniyi merak ediyor ve arzuluyordu. «*Spleen*» başlıklı şiirlerinden birisinde kendisini «*bütün hayranlarından bıkmış bir kral*»a benzeten ve hüküm sürdüğü yerden memnun olmayan bu şair, buhranlarından, azablarından sıyrılıp, uzak ülkelere kaçmak ister:
«Hey trenler, vapurlar, beni buradan götürün!»
«*Çile*» şiirinde;

«Kaçır beni âhenk, al beni birlik;
Artık barınamam gölge varlıkta.
Ver cüceye, onun olsun şairlik,
Şimdi gözüm, büyük san'âtkârlıkta»

diyen *Necîb Fazıl*
versus
«*Hey trenler, vapurlar, beni buradan götürün!*» mısraının sahibi *Baudelaire*?
«*Elem Çiçekleri*»nin şairi, nizamsızlık içinde bir nizam hasretini dile getiriyor ve o nizamın olduğu yeri «*Seyahate Davet*» şiirinde tasvir ediyordu:

«Orada ne varsa nizam,
Şehvet, sükûn, ihtişam»

«*Edebiyatta Etki Üzerine*»de *André Gide*›in söyledikleri, *Necîb Fazıl*›ın *Baudelaire* ve *Rimbaud* gibi şairlere ilgisinin izâhını sergiler mahiyettedir:

«*Kendi kendini yetiştirmek, yeryüzüne serilip gelişmek, gerçekten kaybolmuş yakınlarımızı bulmak gibidir.*(...)

Etkilerden korkan ve onlardan kaçınan kimseler ruhlarının fakirliğini kapalı olarak itiraf etmektedirler. Onlarda keşfedilecek yepyeni hiçbirşey yoktur, çünkü keşiflerine rehberlik edecek hiçbir şeyle suç ortağı olmak istemezler. Onların kendilerine akraba bulmaya pek önem vermemeleri bana öyle geliyor ki, bu akrabalığa lâyık olmadıklarını bilmemelerindendir. (...)

İşte bunun için, büyük zekâların, etkilerden hiç de korkmadıklarını, tersine, onları var olmak hırsına benzeyen bir nevi hırsla aradıklarını görüyoruz». (12)

-VI-

31 Ağustos 1867 yılında kendi mısraı ile «*suda balık gibi son uykusuna salan*» şair *Baudelaire*, asıl şöhretine ölümünden sonra kavuşmuştur. «20. yüzyıla gelindiğinde *Baudelaire* artık geniş çevrelerce 19. yüzyılın en büyük Fransız şairlerinden biri – *bana göre en üstünü* - kabul edilmişti. Hayranları, onun bütün Batı Avrupa›da duyarlılık, düşünme ve yazma biçimleri açısından bir devrim yaptığını ve simgeciliğe kaynak oluşturan estetik kuramının, şiir ve san'ât tarihinde bir dönüm noktası olduğunu ileri sürdüler» (13).

Baudelaire'in «*Naci Erdel*» imzasıyla tercüme edilen bir şiiri:

İNSAN VE DENİZ

Hür adam, denizi seveceksin daima!
Deniz aynandır senin; ruhunu seyredersin.
Onun sonu gelmiyen coşgun dalgalarında
Kalbin de onun gibi uçurumdur derin.

Benzerinin koynuna dalmak en büyük zevkin;
Gözlerin, kollarınla sarılırsın ona sen.
Ve kalbin dertlerini bir an unutmak için
Kuvvet alır o vahşi ve yırtıcı seslerden.

İkiniz de karanlık görünmek istersiniz;
İnsan! Ölçen olmadı daha derinliğini.
Bilen yok koynundaki servetleri ey deniz!
Saklayın sırrınızı günahlarınız gibi.

Ama asırlar asrı işte böyle durmadan
Aranızda bitmeyen, insafsız bir savaş var.
Öyle hoşlanırsınız ölümden ve vurmadan
Ey ayrılmaz kardeşler, ey sonsuz kavgacılar.

Baudelaire'in *Sabahattin Eyüboğlu* tarafından tercüme edilen
bir şiiri:

İÇE KAPANIŞ

Derdim, yeter, sakin ol, dinlen biraz artık;
Akşam olsa diyordun, işte oldu akşam.
Siyah örtülerle sardı şehri karanlık;
Kimine huzur iner gökten, kimine gam.

Bırak şehrin iğrenç kalabalığı gitsin,
Yesin kamçısını hazzın sefil cümbüşte
Toplasın acı meyvesini nedametin
Sen gel, derdim, ver elini bana, gel şöyle.

Bak, göğün balkonlarından geçmiş seneler
Eski zaman esvaplariyle eğilmişler;
Hüzün yükseliyor, güler yüzle sulardan.

Seyret bir kemerde yorgun ölen güneşi
Ve uzun bir kefen gibi doğruyu saran
Geceyi dinle, yürüyen tatlı geceyi.

Baudelaire›in *Orhan Veli* tarafından tercüme edilen bir şiiri:

HORTLAK
Canavar bakışlı ruhlar gibi
Yatağına geleceğim tekrar;
Süzüleceğim yanına kadar
Dört yanım gecenin gölgeleri.

Öpecek, öpeceğim esmerim
Seni aydan soğuk öpüşlerle
Nasıl sürünür gibi bir yılan
Çepeçevre, seni öyle seveceğim.

Vakta ki soluk bir gün doğacak
Boş bulacaksın yırttığın yeri,
Ki bütün gün soğuk kalacaktır.

Hayatın, gençliğin üzerinde
Sevgiyle hükmeder başkaları,
Bense hükmedeceğim dehşetle.

DİPNOTLAR

1. Ana Britanica Genel Kültür Ansiklopedisi, Ana Yay., C. 3, s. 451
2. Jean Paul Sartre, Baudelaire, (Tercüme: Bertan Onaran), Payel Yay., 2. Baskı, İstanbul 1997, s. 8
3. A.g.e., s. 7
4. Necib Fazıl Kısakürek, Çile, Büyük Doğu Yay., 18 Basım, İstanbul 1992, s. 493
5. Necib Fazıl Kısakürek, Babıâli, Büyük Doğu Yay., 4 Basım, İstanbul 1990, s. 10
6. Baudelaire, Kötülük Çiçekleri, (Tercüme: Sait Maden), Çekirdek Yay., 2 Basım, İstanbul 1998, s. 330
7. Baudelaire, İçe Kapanış, (Derleyen: Şükran Kurdakul), Ataç Kitabevi Yay., İstanbul 1959, Sabahattin Eyüboğlu'nun önyazısı, s. 7-9
8. Nedim Kula, 19. Asır Fransız Şiiri Üzerine İnceleme, Kültür Bakanlığı Yay., Ankara 2002, s. 55-59
9. Necib Fazıl Kısakürek, Batı Tefekkürü ve İslâm Tasavvufu, Büyük Doğu Yay., 4 Basım, İstanbul 1991, s. 86
10. Salih Mirzabeyoğlu, Üç Işık, İBDA Yay., İstanbul 1996, s. 117
11. Jean-Paul Sartre, a.g.e., s. 22
12. Andre Gide, Seçme Yazılar, (Tercüme: Suut Kemal Yetkin), Milli Eğitim Genç.ve Sp.Bk. Yay., Ankara 1988, s. 26-31
13. Ana Britannica, c. 3, s. 453
14. Necib Fazıl Kısakürek, Hikayelerim, Büyük Doğu Yay., 5 Basım, İstanbul 1992, s. 251

Ayrıca ; Cahit Sıtkı Tarancı, Sait Maden, Ahmet Necdet, Suut Kemal Yetkin, Naci Erdel, S. Eyüboğlu ve Orhan Veli gibi isimlerin *Baudelaire*'den yaptıkları tercüme şiirlerden faydalanılmıştır.

BAUDELAIRE KİTABI YAZMIYORUZ ELBET AMA...

Yukarıda müfessirin değindiği *seyahat* şiirine dair bir iki sahne arkası bilgi vermem faideki olabilir ;

Çok net görülüyor ki, aynı *Chateaubriand, Lamartine, Nerval* ve birçok diğer şair ve yazarda görüldüğü üzere *Baudelaire* de *Elem Çiçekleri* isimli eserinin son bölümlerini *seyahat* diğer deyişle *ölüm* temasına hasretmiştir. Şiirin ilk hâli 6 dizeden ibarettir – ilk 6 dize ; Ocak-Mart 1859 tarihleri arasındaki Honfleur seyahati bu şiiri ortaya çıkarır. Başlığı yolculuk değil de yolculardır – *les voyageurs*. *Maxime du Camp*'a ithaf edilmiştir şiir zira *du Camp* 1852'de Ortadoğu seyahatini fotoğraflarla yayınlamış ve bu *Baudelaire*'in çok ilgisini çekmişti. O nedenle *yolcular*'ı ona adadı. Bu şiirde başlangıçta ve düşüncede *yolcular* reel olarak tasarlanmış olup *yolcular* Qudüs'e ve oradan da Mısır'a gireceklerdir, kurgu budur. Tabir-i amiyane ile söylemek gerekirse tematik bir düşük – *avortement thématique* gerçekleşir, isterseniz *déception* – sükût-u hayal de diyebiliriz. Şair birden günümüze ve ölüme doğru bir yolculuğa çıkar; Qudüs'e gitmeye hazırlanan *yolcu* Paris'te kalır. Baudelaire bu şiirine çok fazla önem atfediyordu ve acelesi vardı. Şubat 1859'da *Asselineau*'ya yazdığı mektupta, *tabiatı titreyerek, Maxime du Camp'a ithaf edilmiş uzun bir şiir yazdım (yaptım) – J'ai fait un long poème dédié à Maxime du Camp, qui est à faire frémir la nature.* Şiirini bir mektupla birlikte *du Camp*'a gönderir ve ilerlemeyle ilgili düşüncelerini, kafa bulmalarını, anlatır.

Du Camp ilerleme taraftarı, demokrat ve pozitivist bir şahıstı. Teknik ilerlemeye çok açıktı ve *Baudelaire* ise ilerleme' den sadece tiksiniyordu. Bu şiirini ilk hâlini yayınlamayan dergilerin editörlerine ateş püskürüyor, onları 'imbécile' olarak niteliyordu. Şiirini yayınlayan Revue Nationale'i ise yüceltiyordu. *Chacun paye de la fausse monnaie de son rêve* – her kişi kendi hayalinin kalp parasından öder lafı ona atfedilse de aslında bu sözün başka bir yazara ait olduğu söylenir. Ama bu lafı *Baudelaire* etmiş ise de denk geliyor; *Baudelaire* teknik ilerlemeyi bir **kalp para** olarak algılıyordu ve bu da eserin kendisi ile esquisse'i – eskiz – arasındaki farktan daha derindi. İlâhî bir adaletin olması gerektiğine inanıyordu fakat aynı zamanda bu *Elem Çiçekleri*'ni arzın her tarafına ekenin de o olduğunu düşünüyor, her iki taraftan da impasse'a düştüğünü kabul ediyor ve işin içinden çıkamıyordu. *Le Voyageur* bu hâlet-i ruhiyye içinde Terres Saintes'den – kutsal topraklar – umudunu kesiyordu. Başkalarının eserlerindeki kutsal imajlarla yetinmek düşüyordu *Charles*'a.

Charles Baudelaire, hiç kuşku yok ki, metafizik ağırlıklı bir tercümeyi, olmadı bir adaptasyonu hak etmektedir. İnsan soyunun deyimleriyle ifade etmek gerekirse *reel* – gerçek ile *ideal* veya *abstrait* – ideal veya manevî ya da soyut arasında gözlerinin gördüğü kadar bir *distance* olduğunu varsayarak keskin ayırımlar, sert ve kesin vurgular, intonation'lar kullanan bir sürü müfessir – *Baudelaire*'i konuşuyor olduğumuz için ve ondan bahisle – *dünyevî / uhrevî* (the worldly and the heavenly) zıddiyetini iştahla gündemleştirmekten imtina etmiyor, etmesinler de! Bu, ilerleme için gerekli olabilir. İnsan gözü (zihni diye okuyalım) mezarın ötesini nanca (ne kadar) görür bilmem ama bunu çok sevdiği, çok istediği ve çok da kaşıdığı tartışılmaz. Dînlerde ve inançlarda bilmeye dair ne varsa hepsi şiir'de veya şiir ile olmuştur. Bu *Voyage(ur)* şiiri ucu olmayan – sonsuz – güzergâhı esas almaktadır, her ne kadar *Elem Çiçekleri*'nin kapanış şiiri gibi dursa da. Kaynak ile *'gelmeyen'* (ermeyen / varmayan) ikilemini **o hâlde, gelmeyen'e, ben giderim ve bir daha geri dönmeyip gelmeyen'de kalırım**'a taşımak *Baudelairien* şiirin şânındandır. Bu yönüyle okunduğunda *Baudelaire*'in her şiiri *voyage*'dır, her şiirinde gider ve belki de en sonunda *gelmeyen*'e bir voyage ile erişir *voyage*(ur).

Mevtin ürkütücü derinliklerine bir *voyage*, herhâlde nihaî *voyage*. Ama bu seyahat aynı zamanda okuyucuya teklif edilen ve çok anlama gelebilecek bir ufuk turu teklifidir de. Böylece, *Harold Bloom*'un da dediği gibi her okuma bir tercüme, ertelenen bir seyahattir – *every reading is a translation, a deferred voyage.*

Seyahat şiiri bir çocuğun gözlerinden dünyanın okunmasıyla başlar:

Haritalara ve gravürlere âşık olan çocuk için,
Evren geniş (devasa) iştahından ibarettir.
Aah ! ışıkların altında ne de geniştir dünya !
Hafıza(mızın) gözlerinde ise ne de ufaktır !

Pour l'enfant, amoureux de cartes et d'estampes,
L'univers est égal à son vaste appétit.
Ah ! Que le monde est grand à la clarté des lampes !
Aux yeux du souvenir que le monde est petit !

Pırıltılı bir dünya vardır onun sınırlı ama bir o kadar da engin hayal dünyasında ve mekânlarında. Daha henüz tam manasıyla *reel* ile karşılaşmamıştır. Hayatı ve dünyayı henüz ilk elden tecrübe etmiş değildir ; onu genişliğini, deliliğini, azgınlığını ve sınırsızlığını daha farketmemiştir. Onun için dünya haritalar ve gravürler ile mahduddur. Haritada nereye doğru yola çıkacağına dair bir fikri yoktur. Her ne kadar gözlerinin görmediği yerlere karşı içinde bire erişme arzusu olsa da bunu nasıl yapacağını bilemez ama iştahı vardır.

Baudelaire buna *le goût de l'infini* der – *sonsuzluğun lezzeti / iştahı*. Hayal bunun '*fakültelerinin kraliçesi*'dir işte – la reine des facultés. Arzu, dünyayı okumanın yoludur. Bilgiye ulaşıldığında ise herşey küçülür ve avuç içine sığar hâle gelir. Bu, *Baudelaire*'in arzusunu zedeler; ne çocuk kadar heyecanlı ne de '*tecrübeli*' kadar umutludur. Kaçmak, kurtulmak ve sığınmak ister ve bu yer bildiği, tanıdığı, haritalara kadar sızmış dünya üzerinde dığildir; bilgiden ziyade hayalin peşindedir. Her dev dalganın ardında bilinmez bir mesafe, her mesafenin arkasında dev bir dalga. Çocuk, sonsuzluğu sonlu ifadelerin içinde anlar;

seyahat ederken Allah'ın içinden geçer miyiz? nev'inden. Erişkinlerin de kahir ekseriyeti sonsuzu, sonlunun içine tıkmak ve son'landırmak eğilimindedir. *Baudelaire* bu son'landırma, son'un içine tıkıştırma kifayetsizliğine isyân hâlindedir ve şiirini adadığı adamla – *du Camp* – dalgasını geçmektedir. Haritalara girmiş herhangi bir güzellik ondaki heyecanı anında öldürmektedir. *Chateaubriand*'ın veya *Nerval*'in ya da bir başlasının tasvir ettiği Qudüs veya bir doğu köşesi *Baudelaire*'de rengini çoktan kaybetmiş sıradan bir imaja dönüşmektedir, hasta olur, bunalır.

Ayrıca, üvey babasıyla Hind'e yaptığı *seyahat* da travmatiktir. Mauritus adası umudunu iyice kırar. Orada, *dünyanın her tarafının aynı şey olduğu*nu farkeder. Hiçbir şey onu hayalgücünün sınırsız dünyasına götüremezdi. Büyük şiirin kaynağı olarak ayrılığı ve *voyage*'ı görür. Böylelikle zavallı ve vicdansız olan hafızasından kaçar.

Kimileri neş'eli, kepaze bir vatandan kurtulmaktan;
Diğerleri, beşiklerinin ürküntüsünden, ve az bir kısmı da,
Bir kadının gözlerinde boğulan müneccimler,
Tehlikeli parfümlere batmış tiranik Kirke(nin).

Les uns, joyeux de fuir une patrie infame;
D'autres, l'horreur de leurs berceaux, et quelques-uns,
Astrologues noyés dans les yeux d'une femme,
La Circé tyrannique aux dangereux parfums.

Seyyahın kavramlarında *vatan*, *kadın* ve *beşik* öne çıkıyor. Okyanus perilerinden *Persi* ile güneş-ilâh *İlios*'un (*Helios*) kızları büyüler ilâhesi ve bir başka efsaneye göre de karanlıkların ve belaların ilâhesi *Hekate*'nin kızı *Kirke* (Kirki) aynı zamanda bir peridir de ve *Odysseas*'ın – Ulyssis - sevgilisidir. Kirke'nin 3 tane yüzü vardır. Eski Yunanca'da **Kirki** (*Κίρκη*) avcı bir kuştur ve Türkçe'ye *Kerkenez* olarak geçmiştir. Kelime Eski Yunanca *Kirkos* (κιρκος) *etrafında dönmek, dolaşmak* anlamına gelir – *circle, circus* vs. Latince'de *circos* kelimesi hem *değerli taş* hem de *şahin* anlamına gelmektedir. Vahşî hayvanları terbiye ettiğine inanılır. Elinde sihirli bir değnekle dolaşır. En büyük marifeti düşmanlarını vahşî hayvanlara dönüştürmesidir. Vahşî hayvana dönüşen – erkekler – zihinlerini insan olarak koruyabilmekte ama hayvanlıktan kurtulamamaktadırlar. Tiranımız *Kirke* işte budur. Nice müneccim ve müneccim başı, müneccimler ilâhesinin elinde birer hayvandan öte anlam taşımazlar, aklı başında hayvanlık ise onların hediyesi sayılabilir belki. *Baudelaire* mitholojiyi bilen ve seven adamdır.

Erkeğin ya da erkekleşmiş kadının arzusu bir değneğe maruz kalarak herhangi bir hayvana dönüşmek ve aklını koruyarak hayvanlığına devam etmektir. İşte o yüzdendir ki, insan ha bire *Kirke*'nin değneğinin kendisine dokunmasını istemiştir. Buna kaşınmak diyoruz. *Baudelaire*, kaşınanlardan utanç duyar eş-deyişle insanoğlundan hoşlanmaz uzak durur. Yolculuğunda yanında kimseyi görmek istemez. Kaçar gider, değneğe rastgelmekten imtina eder. Dünya *Kirke*'nin dünyası, değnek *Kirke*'nin değneğidir, terbiye olmak istemez *Baudelaire*, terbiye'sizdir, terbiye'siz kalmakta diretir! Ya arslana dönüşürsem diye düşünenler arslanın bir hayvan olduğunu genelde ıskalarlar.

Kirke'nin parfümleri en zehirli parfümlerdir ve insanı kendisine köle eder. *Escape* isimli parfüm *Kirke*'ninkinden mülhem.

Hayvanlara dönüşmekten korkanlar ise sarhoş olmayı tercih ederler, mekân, ışık ve gökler onların gözlerini kamaştırır: *Pour n'être pas changés en bêtes, ils s'enivrent / D'espace et de lumière et de cieux embrasés".* Buz onları ısırır, güneş onları kavurur, silinir yavaş yavaş bûselerin izleri - *La glace qui les mord, les soleils qui les cuivrent / Effacent lentement la marque des baisers.*

Aracısız iştir *voyage*, kimsesiz çıkılır, kimseye haber verilmez.

Hafızayı başka türlü öldüremezsin. Hakikî yolcuların - *vrais voyageurs* - hududu yoktur. Gönülleri hafiftir - *cœurs légers*, yukarılara doğru (dikine) hareket ederler, balonlara benzerler - *semblables aux ballons.* Tek hedefleri sonsuzluktur, eşyaları yoktur, ilâhlar ve ilâheler misâli yüce göklere yaslanırlar. Hesap yapmadan giderler. Zifirî bir cehaleti özler, bilmeyi böyle anlarlar.

Bir sıkıntı çölünde bir ürküntü serabıdır! - *Une oasis d'horreur dans un désert d'ennui! Voyage,* insanın trajedisinden başka bir şey anlatmaz.

Bana ne *Baudelaire*'den! Kör ve sağırım.

OYUNLAR-RUYÂLAR-
ŞİİRLER...

Oyun İçinde Oyun – 1...
Orkide'nin Tebessümü: Bunun anlamı şu; kabul etmek, kabul edilmiş olmak. Bir yönüyle geleneğe dayanır herşey. Geçmiş, bugünde taçlandırılır. Diğer yandan, eğer birşey gerçekten kabul edilebilir ise, ışık kendiliğinden görünür. Haber vermeden, ânîden gelir, sizi hayrete düşürür.

Mistik gelenek bu unsurları birbirine bağlar. Kavram muhtevası, *Zita*'nın belirttiği gibi *"yeni-eski kavramlar"*dır. *Zita*, *Kappa*'nın temel metni sayılır. Formülasyonlarının büyük çoğunluğu geleneksel kaynaklardan köken alır. *Vita* ve Ruhban filolojisi. Fakat herşey sarmaldır. Örneğin, *"buğdayı devşiren"* deyimi, Hz. *İyşâ*'nın geleceği çağa gönderme yapabilir ancak *"ardına bırakmayan"* deyimi, '*Hakikat*'in zamansız boyutu *"şimdi"*ye tekâbül eder.

Seyyâl-10'un ruhanî konsepti, namütenahilik, ışığın dişil yarısı. *Tahl*'ı ve *Vita*'yı hâkimiyeti altına alan ataerkil anlayışı dengelemek olabilir mi, *s-10*'un rolü? Kavalye, *Tohr*'un ve emirlerin geleneksel disiplinini muhafaza ediyor. Emirlerin kozmik dokunulmazlığı olduğu iddiâ ediliyor. Emirlerin sırrı (gizemi) bütün evrenleri üstten dönüştürme gücüne sahib. *Kavalye*'ye göre, dünyâ üzerindeki bütün beşerî eylemlilikler ilahî potansiyeli güncelleştirecek gücü olmadığını savunuyor. Tanrı bizlere ihtiyaç duyar diyenler de var.

Kavalye kendi gücünü ve başarısını yaratıcılığın ve geleneğin bu keskin harmanından, geçmişe olan sadakatinden ve koyu taasssubundan alıyor. *Kavalye*nin adamları, kör fundamentalizm ile mistik anarşinin arasında dengede kalmaya çalışırlar. Aralarından bunu başaramayanlar marjinalize olup oyundan koparlar. Altı çizilmesi gereken bir diğer konu da şudur ki, bu adamlar, başlangıç fikirlerinin parlaklığına ve hayret uyandırıcı hayâl güçlerine rağmen *Kavalye*'yle ters düşebilmektedirler. Bu durum *Hallac-ı Mansur*'un ve *Meister Eckart*'ın durumuna benzetilebilir. Şübhesiz bunun bir diğer nedeni de içrekliğin dozunun ayarlanamamasıdır. İlk zamanlar sırlar, mürşidden müride sözlü yolla aktarılır ve cemaat küçük bir halkadan ibâret olurdu. *Mürşîd*'in öğretisi kaleme alındıktan sonra bile mesajlar bir kripto inceliğiyle verilir ve sır korunurdu. Zira, bu sırlı mesajın, aydınlatılmış olan birisi için kâfî derecede anlaşılır olduğu, ilke olarak kabuledilirdi. Bundan daha ileri gitmek bir mürşîd için de yasaklanmıştı.

Kavalye örgütünün kuruluşu 12. asrın sonlarıyla 13. asrın başlarına denk düşer. Aslında bunlar (örgütü kuranlar) *Neo-Kavalyeler* olarak da tanımlanabilirler, çünkü; onlar mesajların zamanla paralel olarak yenilenmesini (tecdidini) eşdeyişle yorumlanmasını istiyorlardı. Örgütün kurucuları *Çörekçi Revad* ve *Namık*'tır. Hayli radikal olmalarına karşın, bu insanlar gönüllere hitâb edebilme yeteneğine sahibtiler.

Kavalyeciler, bilgilerinin (öğretilerinin) kaynağını *Aden* (cennet) *Bahçesi*'nden aldıklarını ileri sürüyorlardı.

Oyun Dışında Oyun-2...

Kavalyeler'in bu kabûlleri orijinal tabiatımıza göz kulak olmaya çalışıyor. Âdem ve Havva. Bilgi, olgunluk ve kültür meyvasını yemenin kaçınılmaz sonucu olarak bu en eski geleneği bir zamanlar çarçur ettik. Dünyâ'yı bir kenara bırakmaksızın ‹*Evrensel Bilinç*'i yeniden kazanmak için...

Karaman'ın Koyunu...

12. yüzyılın sonlarına doğru göğün kanunları, felsefe ve mistisizm büyük bir atılım yapmaya başladı. **Rihabah Refes**, kavalyelerin ilk kanun kitabı olarak kabuledilir. Bu kitab anlaşılamıyordu. Işıklar, güçler ve yardımcılar ortalıkta dolaşıyor, gnostik edebiyat ağırlığı hissediliyordu. Zât-ı İlâhi mes'elesi tartışılıyordu. Problem, ardışık değerlendirmeler arasında ilişki kurmakta çok güçlük çekiliyor olmasıydı. Cümleler çok ağdalıydı. Müteâkib 100 yıl içinde kanun kitabı *Pyrénée* dağlarını aşıp *Katalonya* ve *Kastilya*'ya yayıldı. Semboller sitemi uykuya daldı. *Neoplatonik Mistisizm*'in öğeleri ve *Şeytân*'ın kökeni üzerine yürütülen spekülasyonlar bir türlü müşahhas bir zemine taşınamıyordu. 1280'lerde, **Arslancı Musa** kanun kitablarını dostlarına dağıtmaya başladı. İşin içine erotik resimler, haramî lirizmi ve arkan sembolizmi de girdi. Bir esoterizm (Batınîlik) fırtınası esiyordu. Tartışmalar, İ.S. 2. yüzyıla kadar indi ve Rb. Sh. Y'ye kadar dayandı. Bu kitablar devâsa bir çalışmanın ürünüydü aslında ve bunlara kısaca "**Zita**» adı veriliyordu. Kimileri de bu kitaba "**Nûr'un Yayılış Kitabı**» diyorlardı. Bu kitab, Rb. Sh. Y ve onun mistik arkadaşları olan **Ayyarvah**'a atfediliyordu. Zamanla kitaba «**İero Zita**» adı verildi.

Pandiou Üniversitesi'nin Edebiyat Klubü'nde Suriye kökenli bir Yunan -Orthodoks'la tanıştım ve bana şöyle bir şiir ilhâm etti:

WREATH OF CHIVALIRY
(CESARET-ŞÖVALYELİK ÇELENGİ)

Herşeyin soyunmaya başladığı tan ağartılarının arefesinde
Yeraltları,
eğilir,
gelenin önünde,
Alnının ortasında parlayan bir zehirli safirle
ağzı salyalı dehşet müteahhitleridir bunlar.
Üzengiler, böğrünü deşmede zifir atlarının,
Deli bir gecenin ziyâsında.
Hamr ile karışık hâller esiyor, fethedilmemiş sokak aralarında.
Sürreel avcı kuşlar,
nereden geleceği belirsiz darbelere bilenmedeler.
Hayızlı kadınların tedirginliği var,
hâmile ejderlerin kuyruksokumlarında.
Saika yakındır,
göklerden taşların yağması dahî yakındır ve,
Fjörd kunduzlarının şaşkınlık vakitleri,
gizemli bir mesaj yollar sansarlara.
Destansı bir kırmızı cücenin kollarında ruhunu teslim eder,
kara yağız bir palikarya.
Konu bütünlüğü kalmaz beyitlerde, artık.
Buradan ötede anlamını yitirir karar ehli
Ve, dokunur örse Ulemâ.
Haram ve tâde etlerin pazara çıktığı bir fırsat mesafesinde
Azab, bir alev topu gibi aydınlatır,
yılların açlarını.
Alatav bir toprağa düşer aksi kanlı divânelerin.
Azgın yaban köpekleri üşüşür leşin başına,
üşüştüğü gibi lolitaların meme uçlarına, kart zamparaların.
Herşey birbirine karışır
ve perde, lacivert bir lekeyle iner,

çalı dikenlerinin üzerine.
Göze çarpan "**Wreath Of Chivalry**"dir, yalnızca.

Brezilya'lı bir Ermenî de katılır konuşmaya:
NOYAN TAPAN*
"**Ghysla**"nın kapısında bir acı beddua duyulduğunda,
tüm yükselti kampanalarının,
eşsesliliği çınlatacak, gözaltlarını ham ruhların.
Ceset zındanından bir bahrî havalanacak,
tahta pedavra kokularına doğru,
ağzında Sultanî üzüm taneleriyle.
Yarını kurgulama huzursuzluğu belirdiğinde,
alın çizgilerinde,
Bir kuzgun doğacak, ağzında bir Merlan,
Peri kızlarının nev'i şahsına münhasır ayak diremelerini,
gıptayla izleyecek.
Su'yun dinamiği kavrayacak hasat vakitlerini,
Güney'den Kuzey'e ve Doğu'dan Batı'ya bir diyalektik işleyecek,
Huntington dişli, zelil kulların yüreklerinde.
Hayâl meyal bir vizyon,
beden zindanlarını sararken,
Samur kürkün arasından,
yumuşak bir özdeyiş belirecek:
«**Ars Longa Vita Brevis**»
Terzi Kası'nın manası sorgulandığında,
Tiyatro kulislerinde,
3 adet «dulavratotu» yoncası savrulacak,
Negatif Evren tarlasına.
Ciddiyet ve sefâletin atbaşı gittiği,
Beton deryaların boş bakışlı ıskarmozları,
aradıkları körpeleri,
bulamayacaklar asla, hemzemin geçitlerde.

«Erdem'le kırbaçlanan kadın»,
Marquis'den,
gayrısının elinde,
dönüşecek bir zehirli mızrağa.
Filadelfiya kromozomu'nu değerlendirecek,
âmâ bir bakır tüccarı.
Mezmur el altından alıcı bulacak,
Kedigözü taşları'nın çıkarıldığı pirinç tarlalarında.
Namus tütsüsünün yaydığı mesâmata hulûl edici duman,
Şehir tasarımcılarını yeraltı faaliyetine itecek.
Mercanköşk kaynatan 77 yaşındaki sarışın kadının,
saidliği tartışılacak münevverler arasında.
«**Ahçik**»in anlamı araştırılacak,
Tavus kuşlarının teleklerinde.
Kolay anlaşılmayacak bazı geometriler,
Son nesil insanları tarafından.
«Γραμμικει A» ve **Tchakiridis** ile başlayan,
Girit tehlikesi işaretlerinin başlangıcı olacak.
Bir yaman eczâ kavanozunda, Feimenn eytişimi aranacak.
Ayakkabı tacirleri, Cuma namazlarını boykot edecekler.
Sarmısak tohumunu arayacak, **Raphael**, İkili düzeneklerde.
Kökleriyle birlikte Hira ve 4 feyyaz adam,
Kutsayacak son azîzleri.
(*****Noyan Tapan**: Ermenîce «*Nuh'un Gemisi*» manasındadır).

Şairin kim olduğunu merak edenlere; Brezilya'da bir Ermenî, Türkiye'de bir hermafrodit, Fransa'da sarı mayo, Tunus'ta Kayrouwan imâmı, sokakta yalnız bir köpek ve evrende bir piç'tir.

Oyun İçinde Oyun-3...

Taf uzmanları, Tanrı'nın biyografisini yazmaya çalışıyorlar. Onlara göre *Taf*, ilâhî kökenli bir isim ve ilâhî oluşu ifade ediyor. Tanrı nasıl duyumsar, yanıt verir, eyleme geçer? Eril ve Dişil yönleri birbirleriyle ve dünyayla nasıl bir âheng oluşturur? Âcil sonsuzluk nedir? gibi sorular üretiliyor ve bunların cevapları aranıyor. Bir görüşe göre, Sonsuzluk, Tanrı'nın köktenci yükselişini ifade etmektedir. O nedenle Tanrı'ya bir sinonim aramak gerekli değildir. Tanrı, sıradan ve basit kavramlarla eşdeyişle kolay bir dille, yâni avamî dille tasvir edilemez ve buna yeltenenler de boş adamlardır. Tanrı hakkında değer atıflarında bulunma hakkını onlara kimse vermemiştir. Öte yandan, Tanrı'ya ne kadar olumsuz değer atfederseniz, O'na o kadar yaklaşmış olursunuz. Hiçlik, nasıl bir Âyin sürecidir? diye sorulduğunda kimse bu sorunun altından kolay kolay kalkamaz. Evet, bu lafız birinci ilkenin de tâ kendisidir. Âyin, dünyadaki bütün varlıkların gerçekliğinden daha gerçek bir varlıktır. Sade, ancak bu sadeliğin içinde büyük bir karmaşıklığı da barındıran en müşahhas gerçektir, Âyin. Bu evrede ilâh farklılaşmış durumda değildir. Ne şu, ne bu mevcuttur. Eşyâ henüz ortada yoktur. Bu evreye **Tekir** ve **Yarımay** devresi de denir. Bu yarımay, **ÂDEM'lerin ilki olan ADAM QADMON'**un başındaki yarımaydır aynı zamanda. İnsan'ın, ilâh›ın yansıması ya da gölgesi olduğu söylenir. Orijinal tabiatımız, ilâhî bir arketiptir (orijinal gölge). Kâinat Ağacı, dalları ve yaprakları aşağı doğru, kökleri yukarı doğru (yâni tersine) gelişen bir ağaçtır ve kökenini Yarımay'dan alır. Yarımay, "**köklerin kökü**»dür.

Hiçliğin derinliklerinde, **Hükm**'ün ilk noktası ışıldar. Bu, ikinci ilke olan **Şâhadet'tir**. Bu ilke, **Nabih**'in sınırları dahilinde dairevî bir yayılma gösterir. Bu daire, Bilme-Anlama dairesidir. Nabih, aynı zamanda ilâhî Ana'dır. Hükm'ün tohumu, Nabih'in tarlasına düşer ve 7 ayrı ilkeye hayat verir.

Oyun Dışında Oyun-4...

İng; Return, Fr; Retourner, İt; Ritornare, Yun; Ξαναγυρίζω (Ksanagrîzo), Tr; Geri dönmek, Ar; Avdet, İbr; Teşuvah. Benlik, sahibine geri döner. *Nabih* fikrin hem içinde hem de dışındadır. **"Ben kimim?**» sorusu insanın elini yakan ilk sorudur. Sezgisel pırıltılar, suyun üzerinde kıpırdayan, bir yanıp bir sönen, ele avuca sığmayan güneş huzmeleri gibidir. Derin ve öncesiz olan şuurla kavranamaz, ancak ve ancak soğurulur. Âmâ bilginleri şöyle der: *"Öz, bilmeyle değil fakat içselleştirmeyle tatmin olur*». Cehl, hiçlikten de ötedir ve orada hiçbir düşünceye yer yoktur. İnsan, şuurluluğu arttıkça hiçliğin anlamını biraz daha kavrar. Ahlâkî ve Ruhî yükseliş aslında hiçliğe doğru vazgeçilmez iki pencere açmaktır.

Şöyle:

Kudret narları dağıtan Roman kızı soğukta yalınayak
«*Ayrılık yarı ölmekmiş*" nâmeleri gelince
bir hünsanın taraçasından
kulak kesilir,
sızar stalagmitlerin kucağından
ruhumuza, annemin ve benim.
La Luna devri kapanmıştır İtalya'da
zaman üst damaktan iner
Huşû ile titreşir cevrler
dekadans işareti alındığında
Ahadiyyet ve Vahdaniyyet arasındaki fark
diye başlar tartışma
Cağaloğlu kahvehânesinde
Beyaz yüzlü kadın susar
Ey mihrimah! Ey sürûrum,
nidâlarına çevrildiğinde ısınır.
Ayân olan, sarkaçtır,
gün yine biter, vakit yine ihânet eder ve, Dehr o dehrdir hep.

Oyun İçinde Oyun-5...

Ekstatik güç; Allah bilgisi, ekstasiyi de gerektirir derler. Esmâ-ül Hüsnâ'ya ve Hurufiyat'a vâkıf olmayan Allah bilgisine hiç bulaşmasın. Buna bazıları *"Haristey"* derler. Sicilya, Yunanistan ve Qudüs'te yaşayan bazı adamlar bu bilgiyi edinmek için hayli uğraşıyorlar. Bunlar "İlham" devresinin arayıcılarıdır. Onlara göre Ruh, Kozmik hayat denizinin bir parçasıdır. Zihinler, aslında, hassas geometrik biçimlerdir ve herbirinin izomerleri vardır. Ruh'u katrandan, zihni tanımlardan ve dar alanlardan kurtarmak farzdır. Kimileri "Mücerret Hakikat" ile ilgilenirler. Bu, orijinal bir konudur ama yine de sınırlıdır. Bazıları da, harflerin saf formları ve Allah'ın isimleri üzerinde yoğunlaşırlar. Burada müşahhas bir arayış mevcûd değildir, yalnızca düşüncenin müziği esastır. Harflerin muhtelif kombinezonları arasında ilişkiler vardır. Bu ilişkiler yumuşak ve yasalara bağlıdırlar. Bu, şuurun gelişkenliğine de işaret eder.

Ruhum'un, gece mi, gündüz mü daha gerçek olduğunu bilemiyorum...

Oyun Dışında Oyun-6...

Elma tohumlu orkidenin sırrı. Yani *Pardes Rimmonim.* 27 yaş hastalığı da derler... *Tomer Devorah,* yâni *Deborah*'ın Palmiyesi. Bu, Tanrı'nın ahlâkına nasıl öykünüleceğini anlatan bir kitaptır. Bu kitabı okumak için en uygun mekân, Nil nehrinin ortasında yer alan bir adadır. *"Ha-Ari",* İbrânîce *"Arslan"* anlamına gelir. Bu akronim, ilâhî nitelikleri olan *Rabbi İsaac* için kullanılır. Eğer sonsuzluk bütün uzayı kaplıyorsa o hâlde, hiçlik nasıl varlığa evrilmiş olabilir? Belki de hiçliğin ilk hareketi ileri doğru atılmak değil, geri çekilmektir. Sonsuzluk, kendi mevcudiyetini geri çekmiştir. Bu geri çekilme, kendisinden kendisine ve her yöne doğru olmuştur ve bu geri çekilme vakumu yaratmıştır. Bu vakum da yaratılış için uygun zemini oluşturmuştur. Geri çekilmenin temel amacı arınmaydı. Böylece bir elemeye fırsat verebilecekti. Sonsuzluk, vakumun içine ışığı muhtelif kanallar aracılığıyla taşıdı. Başlangıçta herşey yumuşak bir seyir izledi. Fakat taşıma süreci ilerledikçe bazı kanallar ışığın gücünü kaldıramadı ve parçalandılar. Işığın önemli bir bölümü sonsuzluktaki kaynağına geri döndü. Geri kalanlar ise, sağlam kanalların içine dağıldılar ve bunlar maddî varlık tarafından yakalandılar. İnsanoğlunun amacı, bu ışığa hâkim olmak ve onu yeri geldiğinde ilâhî zaruret gereği hürleştirmektir. Bu sürece İbrânîce *"Tiqqun"* adı verilir. *Hz. İyşâ*'nın gelişi de bu süreci tekâmüle erdirmek içindir. *Hz. İyşâ* (Mesih), bizim ahlâkî ve ruhî sürecimizi tamamlamak için gelecektir. Bazılarına göre, *İyşâ Mesih* hiç beklenilmediği veya gelmesinden ümit kesildiği bir dönemde gelecektir. ANCAK bu geliş, onun gerçek gelişinden sonra olacaktır!

Direndim...
Yeni Çağ
Kaçtın Sınırsı çatlaklardan
Zamanda ebedî ışık rehberlik ederken sana
orada, Büyücüler ve şanlı Savaşçılar ülkesinde
Tilkiler, Kurt aklığında
Ardında bir Çımacı bıraktın
Defnedildiği yerde
lâ yusel olmuş azîz Ruyâlar
Artık
esrârlı takvimin sayfası
itiyor Ruh'umu
Peygamberânın çığlığını okuyordun
ancak, İstikbâl kapandı haznelerde ki,
düşen ve kırılanlardır onlar
yayarak semavâta bir rayiha
Berr ve Arş üzerinde

Çımacı Levh-i Mahfuz'da onu görmeye yetişti
belki, yaprağa, **onu** sana mırıldanmasını söyledi
seni hapseden yitik Orman'da,
Tilkiler kurt aklığında
Şimdi Köprüler'i ulamaya çalışıyorum
Büyük Jeodezi'lerin gizli Eğimler'inde
hükmedici müzmin Sefâlet'in sebepi
geriye bir seyahat yapıp **onu** yakalamak için
Huruf(un)un mümkünlerini (senden) soruyorum

Senin için Yeni Çağ dendi
lâkin ben, senin için alçak sesle söylüyorum: Ανάτα
erimiş saatlerin
zifirî rakamlarında
Δημητρης Λειβαδητης (Dimitris Livaditis'in şiiri).

Cevap geldi...

LYNX VE CEVAPLAR
Duvarlar üzerinde yürüdüğünde bir bakire
Tek başına
Ve, bir çift yılan seviştiğinde
Karakulak ormanlarında
Ân gelmiş demektir,
suçun ne kadar büyük olursa olsun.
Ebrulî zehirlerle geldiğinde bir haile
yalnız başına
Ve, göz herşeyi gördüğünde
Karanlık odalarda
Ân mutlaka gelmiştir,
Cezası kâle alınmaz
Esrârkeş tekkelerinde gecelediğinde dişi bir deve

Ecinnilerle beraber
Ve, aşk herşeye kadir olduğunda
Şeytan'ın yüreğinde
Ân o ândır
Tuzatükürenler dolaştığında ruh aynamızda
Cinsiyetsizlerle kolkola
Ve, çatladığında eflâk, kaprisinden
Anka'nın kuyruğunda
Dehr o dehr'dir
Elf-i Sânî indiğinde sandukalarla Arş'tan
Kanatlarıyla Mukarreb'in
Ve, taş dibe vurduğunda ağır ağır
Semâ'nın koynunda
Ân gelmiştir, tutulmaz
Kevâşeler seyre daldığında kuytuları
Amber ve misk uçuşmalarıyla
Ve, döndüğünde oklar geri
Çalparalar eşliğinde
Şüphesiz Zaman tamamdır
Âyât sardığında zemini, hesapsız sualsiz
Ensemizde titremelerle
Ve, kanlı etamin devrildiğinde
Avuçlardan aşağı
İşte o ân
Kedi görünür Azman'da...

EKSİK KALDIĞINDAN DEĞİL DE… BAUDELAİRE'DEN BİRKAÇ…

GEZİ

(Le Voyage)
(Maxim du Camp'a)

I

O harita, resim delisi çocuklar için
Cihandır oburluğu dindirecek azık.
Dünya, lambaların ışığında ne engin!
Hatıraların gözünde ise minnacık!

•

Alnımızda ateş bir sabah yoldayızdır,
Zehir gibi arzularla kin dolu yürek,
Sonlu denizde sonsuzluğumuz sallanır,
Yürürüz suların raksını dinleyerek!

•

Kimi memnûn, rezil bir ilden kaçtığına.
Kimi soy ve sopundan iğrenmiş ve kimi,
Dalmış bir kadın gözündeki yıldızlara
Bir kadın, gaddar büyücü Kirke misâli.

•

Baş tütsülenmezse hayvan oluvermek var,
O kan rengi gökten, ışıktan mesâfeden;
Buz dişler eti, güneşler bakırla kaplar,
Yavaşça kaybolur kalan iz öpüşlerden.

•

Gerçek yolcu yalnız, gidendir gitmek için
Hafifçecik bir yürekle balon misâli,
Bir ân ayrılmadan yanından kaderinin
Ve sebep bilmeden der daima: İleri!

•

Bulutlara benzer arzuları ve toy er
Nasıl düşünürse topu, onlar da bitmez
Ve meçhul hazları öyle hayâl ederler,
Hani adını kimsecikler bilemez.

II

Topu, topacı örnek tutmak ne kötüdür
Dönüp zıplamasında; ve uykuda bile
Merak bizi fırıl fırıl sürer götürür
Şer Meleği gibi kırbaç çalan güneşe.

•

Biricik baht ki, amacı takar peşine,
Nerdedir bilinmez de, her yerdedir hani,
Durak yok yolundakilerin ümidine,
O kısa sükûn peşinde her zaman deli!

•

Bir gemi ruhumuz, izinde İkaria'nın;
"Gözlerini aç!" sesiyle çınlar ortalık.
Çanaklıktan bir başka ses, ateşli, çılgın.
"Aşk... zafer... saadet!" Felaket! Bir kayalık!

•

Gözcünün eliyle gösterdiği her adacık
Kaderin bağışladığı bir altın şehri;
Hayâlin içki sofrası şimdiden açık
Fecirde sığ bir kayalık bulabildiği.

•

Ey hayalî illerin mahzûn sevdalısı!
Acep denize mi atmalı zincirleyip,
Amerika kâşifi bu şarhoş tayfayı
O serabın acısıyla kalmış devrilip?

•

Artık çamurlar içinde, o, bir serseri,
Cennet rüyâları görür burnu göklerde;
Capoue şehrini bulur büyülü gözleri
Bir mumun aydınlattığı her mezbelede.

III

Ey üstün gezginler! Hikâyeniz ne soylu,
Deniz gibi derin gözlerinizde okunan!
Bize, yanıp sönen mücevherlerle dolu
Mahfazalar açın zengin hâtıranızdan.

•

Ne buhar bulunsun gezimizde, ne yelken!
Şu mahkûmluk günlerimizi şâdedelim,
Levha levha resim geçirin zihnimizden,
Ömrünüzü ufuklar içinde görelim.

•

Ne gördünüz, deyin?

IV

«- Neden söz açsak, neden,
Yıldızlar, dalgalar, kumsallar gördük ılık,
Duyulmamış bin kaza ve belâya rağmen
Söküp içten bu sıkıntıyı atamadık.

•

Güneşin menekşe sulardaki zaferi,
Ve şehirlerin batan güneşler içinde,
Yakar kalbimizde bir endişe alevi
Dalarken sihirli akisler dolu göğe.

•

En zengin şehirler, en geniş manzaralar,
Ulaşmadı bir gün o sırlı cazibeye
Tesadüfün göğe yaptığı resim kadar.
Arzu tasayı biteviye

•

Duyulan hazlardır arzuya kuvvet katan,
Arzu; ey gübresi hoşnutluk olan ağaç,
Büyürsün ve kabukların katılır her ân
Yaklaşır dalların güneşe kulaç kulaç!

•

Serviden ömürlü ulu ağaç daima
Büyüyecek misin? - Bir iki çizgi resim
Derledik özenerek doymaz albümüne
Uzaktan geleni güzel bulan kardeşim.

•

Mabudlar selâmladık ellerinde boru;
Pırıl pırıl ışıklarla bezenmiş tahtlar;
Peri sarayları işlemeli, gururlu,
Bahâsından bankerleriniz yılacaklar;

•

Elbiseler, gözleri sarhoş ediveren,
Dişleri, tırnakları boyalı kadınlar,
Hokkabazlar, kendini yılana sevdiren».

V
Sonra, daha sonra?

VI
«- Ey çocuk kafalılar!

.

Asıl şeyi unutmamaktan olsa gerek,
Heryerlerde onu gördük hiç aramadan,
Mukadder sıranın başında sonuna dek,
Onu, ebedî günah sahnesini, sıkan;

.

Kadın, mağrur, budala, sefil bir köle, işi;
Gülüp iğrenmeden kendi kendine tapmak;
Erkek can-yakan obur; aklı fikri dişi,
Kölenin kölesi, lağımdan geçen ırmak;

.

Keyfi yerinde cellat, gözü yaşlı kurban;
Lezzeti o kan kokusundan gelen cümbüş;
İktidar zevki, zorbayı gevşeten yıkan,
Ve halk, hayvan eden kırbaç peşine düşmüş;

.

Bizimkine benzer sayısız bir sürü din,
Her biri göğü aşma peşinde; ya Dindar?
Kuş-tüyü yatağa uzanmış bir nâzenin,
Çiviler ve saçlar içinde sehvet arar;

.

Geveze insanlık zil-zurna dehâsından,
Ve elbette yine aklı başında değil,

Haykırır Tanrı'ya acılar arasından;
«- Ey benzerim, ustam, usandım senden çekil!»

•

Saflar, sersemliğe vurgun yüreği pekler.
Kaderin güttüğü o sürüden kaçarak
Sonsuz bir esrar deryasına gömülürler!
--Bu dünya böyle başlamış, böyle batacak.»

VII

Gezinin verdiği bilgiden acı bilgi!
Dünya öylesine bir örnek ve ufacık.
Dün, bugün, yarın, biziz bize gösterdiği
Bunaltıcı çölde nefretten bir vahacık!

•

Kaçsak mı, kalsak mı dersin? Elindeyse kal;
Gerekirse kaç. Kaçan da vardır kalan da,
Kurtulma ânıdır, ölümcül düşmana sal,
Heyhat ki, sayısız, yorulmadan koşan da.

•

Serserî Yahudî'yle havârîler gibi,
Kaçmalarına ne vagon yeter ne tekne
Bu alçaktan; insanların bir kesimi
Kımıldamaz da, öldürürler onu yine.

•

Düşeceğiz elbet ayağının altına,
Umutlanıp bağırabiliriz: İleri!
Nasıl başladıksa o Çin seyahatine
Rüzgarda saçlarımız gözlerimiz iri.

•

Bir adem enginlerine açılmaktayız,
Kalbimizde bir genç yolcunun sevinçleri,
Bu sıcak mahzun sesi duyacaksın:

«- Yemek isteyenler kokulu lotüsleri

•

Buraya! Bağbozumu burada yapılır
Kalbinizin acıktığı o meyvelerin
Garip lezzetiyle başınız cilalıdır
Bu bitmek bilmez öğle sonrasının.»

•

Külfetsiz buluverdik hayâlimizi;
Kolları bize uzanmış Pylad'larımız.
«- Serinle, Elektra›na doğru aş denizi!»
Der, vaktiyle dizlerine kapandığımız.

VIII

Ey ölüm, koca kaptan artık gitmeliyiz!
Ey ölüm, haydi, bizi boğdu bu memleket!
Mürekkeb gibi kararsa da gökle deniz,
Kalblerimizdeki bu ışık yeter elbet!

•

Sun şu zehirden bize biraz canlanalım!
Bu ateş yaksın bizi alabildiğine,
Bu girdab, Cennet veya Cehennem, dalalım
Yeniyi bulmak için meçhûlün dibine!

*Circe: Güneşin kızı meşhur sihirbaz kadın. Ulysee'i yanında
tutmak için, onun arkadaşlarına
sihirli içki içirerek domuz şekline sokmuştur.*
*Capoue: (Kapu) İtalya'da bir yer. Hannibal burasını işgâl eti-
ğinde askerleri orada zevk-ü sefâya daldıklarından, bu kelime-
şehir, eğlence ve işret yeri mânâsına kullanılır.*
*Altın şehri: II/4-2›de yeralan bu tamlama, orijinalinde, Eldo-
rado» olarak, (yani efsanevî,
‹altın şehri› olarak) geçmektedir.*

Lotus: Mitholojide geçen, Kuzey Afrika›da yetişen ve
lezzetinden ötürü yabancılara
memleketlerini unutturan bir meyve.
Elektra: (Electra - Ηλεκτρα) Oluş. Mitholojide geçen
Agamennon ile Klytemneistra'nın kızıdır.

SPLEEN
(Huysuzluk; Melâl)

Gök çökünce sıkıntılarla sızlanan
Ruha bir kapak gibi, ağır ve basık,
Dökünce çemberi kuşatan ufuktan,
Gecelerden de acı siyah bir ışık;

•

Dünya olunca bir rutubetli zindan,
Ümit kanatları ürkek bir yarasa,
Gider duvardan duvara vuraraktan,
Ve başı çarpar çürümüş tavanlara.

•

Andırınca yağmur tel tel süzülerek
Loş bir cezaevinin çubuklarını,
Ve gerince iğrenç bir sürü örümcek
Beyinlerimizde tozlu ağlarını,

•

Çalar tehevvürle birden havalanır,
Fırlatırlar göğe korkunç bir uluma;
Bunlar, sanki yurtsuz, başıboş ruhlardır,
Koyulup dururlar inatla feryâda.

•

Ve ruhumdan geçer upuzun tabutlar,
Sessiz, ağır ağır, ümit ağlamada;
Merhametsiz korku mütehakkim, çakar
Siyah bayrağını eğilen kafama.

GERİ DÖNÜŞÜRLÜK
(Reversibilité)

Neşeyle dolup taşan bilir misin kederi,
Utanç, ayıp, nedâmet, hıçkırıklar acılar,
O korkunç geceler ki, binbir azâbla uzar
Buruşturur bir kağıt parçası gibi kalbi?
Neşeyle dolup taşan, bilir misin kederi?

•

Sevgiyle dolup taşan, bilir misin nefreti,
O sıkılan yumruklar, yaşlar zehirle dolu
Ve intikâm hırsıyla beyinler uğultulu,
Emrine râmederken kinle kavrulan eti.
Sevgiyle dolup taşan, bilir misin nefreti?

•

Sıhhatle dolup taşan, bilir misin dertleri,
Soğuk hastahânenin duvarları boyunca,
Güneş gibi görmemiş sürgünler gibi bunca
Işığa hasret öyle ve bir kemik, bir deri,
Sıhhatle dolup taşan, bilir misin dertleri?

•

Gençlikle dolup taşan bilir misin çökmeyi,
Yaşlanmak korkusunu ve bir vakit her yerde
İçimizi sevgiyle tutuşturan gözlerde,
Merhamet okuyarak ecel teri dökmeyi.
Gençlikle dolup taşan bilir misin çökmeyi?

•

Işıkla, saadetle dolup taşan meleğim,
Başı döner de gürbüz vücûdunun seyrinden,
Vurulmuş bir kahraman sıhhat diler de senden,
Duanı kazanmaktır benimse tek dileğim.
Işıkla, saadetle dolup taşan meleğim,

KABİRDE AZÂB
Zifiri kara gözlüm, uyuduğun zaman
Birgün, mermerleri kara mezarın dibinde,
Ve bir gün, bu yatak yerine, bu ev yerine,
Yağmurlu, oyuk bir çukura girdiğin zaman;

•

O tembel, kayıdsız göğsüne abanıp, taş
Çırpınan kalbini, bütün özlemlerini,
Serüvenlere düşkün ayağını, elini,
Bütün tutkularını ezerken yavaş yavaş,

•

Benim sonsuz ruyâmın sırdaşı olan mezâr
Uykunun sürüldüğü bütün geceler boyu

•

Sorup sana diyecek: "- Ey acemî fahişe!
Ölüler ağlıyorken, senin aklın neredeydi?"
-Ve kemirecek kurtlar derini azab gibi.-

GÜZELLİĞE İLÂHÎ
Derin gökten mi geldin, uçurumdan mı çıktın
Ey güzellik! O kudsî, cehennemlik gözlerin
Hem iyilik hem de suç dolduruyor kadehe,
Belki bu yüzden çarpıcı bir şarab gibisin.

•

Kokular taşıyan fırtınalı bir havasın;
Gözlerinde, güneşin batışı, doğuşu var,
Öpücüklerin iksirdir ve testidir ağzın
Yiğidi alçaklaştırır, çocuğu yiğit kılar.

•

Kara burgaçtan mı çıktın, yıldızlardan mı indin?
Sapıtıp köpek olmuş Kader eteklerinde,
Hem yıkım hem kıvanç saçıyorsun bütün gün,
Yöneten sensin; ve sensin kem söz etmeyen de.

•

Alay ettiğin ölüler üstünde yürüyorsun;
Daha az mı çekici takılarından Korku,
Ve Cinâyet sevdiğin süslerin arasında
Mağrur göbeğinde sevdalı dans etmiyor mu?

•

Su sineği, gözü kamaşmış, uçuyor sana,
Cızırdayan mum diyor: Takdîs edin alevimi!
Eğilmiş sevgiliye âşık, soluk soluğa
Mezârını okşayan canlı cenâze gibi.

•

Ha cennetten gelmişsin, ha cehennemden, boş ver,
Ey güzellik! Korkunç ama, kalbi temiz dev, sen
Gözünle, gülüşünle, ayağınla bana n'olur
Sonsuzun kapılarını şöyle açabilsen?

•

Şeytân'mış, İlâh'mış, Melek'miş veya Su Perisi
Ey kadife gözlü peri, sen bunlara boşver,
Ey uyum, koku, ışık, - ey tek kraliçem, kuluna
Şu kâinâtı çekilir, hafif kıl, yeter!

ŞEYTÂN'A MEDHİYE
Ey bütün meleklerin en âlimi, güzeli, sen,
Kaderi dönük Tanrı, yoksun tüm övgülerden,

•

Sen ey Şeytân; bu uzun sefâletime acı!

•

Ey sürgünler Prensi; haksızlığa uğrayan,
Yenildiğinde bile, güçlü, doğrulup kalkan,

•

Sen, ey Şeytân; bu uzun sefâletime acı!

•

Herşeyi bilirsin sen ve tüm yeraltılarının
Kralı, sıkıntıyı dindiren otacısın,

•

Sen, ey Şeytân; bu uzun sefâletime acı!

•

Ölüm adlı o eski ve güçlü sevgilinden
Ümidi, çılgın kızı gibi doğurtacaksın, sen!

•

Sen, ey Şeytân; bu uzun sefâletime acı!

•

İdâmlık, ölümünü görmeye gelenlere,
Sâkin ve tepeden bakar senden aldığı güçle,

•

Sen, ey Şeytân; bu uzun sefâletime acı!

•

Toprağın altındaki o değerli taşları
Sen bilirsin, nereye sakladı kıskanç Tanrı,

•

Sen, ey Şeytân; bu uzun sefâletime acı!

•

Kefenlenip uyuyan madenler nerededir,
Derinlikleri gören keskin gözlerin bilir,

•

Sen, ey Şeytân; bu uzun sefâletime acı!

•

Çatının kıyısında yürürken uyurgezer
Uçurumları ondan büyük ellerin gizler,

•

Sen, ey Şeytân; bu uzun sefâletime acı!

•

Atların çiğnediği sabahçı bir ayyaşın
Yaşlı kemiklerini korur, yumuşatırsın,

•

Sen, ey Şeytân; bu uzun sefâletime acı!

•

Sen öğrettin dindirmek için sızılarımı
Kükürt ve güherçileyi karıp melhem yapmayı,

•

Sen, ey Şeytân; bu uzun sefâletime acı!

•

Kurnaz ortak, damganı ustalıkla sen vurdun
Alnına acımasız, o alçak Kârun'un,

•

Sen, ey Şeytân; bu uzun sefâletime acı!

•

Kızların gözlerine, kalbine sokmadın mı
Yıkımdan zevk almayı, paçavralar aşkını

•

Sen, ey Şeytân; bu uzun sefâletime acı!

•

Sürgünlerin değneği, mucitlerin lambası
Asılıp ölenlerin, suçluların papazı,

•

Sen, ey Şeytân; bu uzun sefâletime acı!

•

BABA Tanrı'nın kızıp yeryüzü cennetinden
Kovduğu insanların o üvey babası, sen,

•

Sen, ey Şeytân; bu uzun sefâletime acı!

.

-DUÂ-

Saltanat sürdürdüğün göğün tepelerinde,
Yenik, hayâller kurduğun cehennemin dibinde,
Medhler olsun sana, zaferin hep süregelsin!
Yardım et,şu kimsesiz ruhum bir gün dinlensin,
Senin yanında ve İlim Ağacı'nın altında
Dalları Mabed gibi yeşerirken alnında!

BİR CESEDİN YANINDA

O gece bir cesedin yanında yatar gibi,
Gudubet bir Yahudî'nin yanına uzandım,
Hiçbir haz uyandırmayan hazin güzelliği,
Satılık bedenini seyredip, düşünceye daldım.

.

Canlandırdım gözümde körpe kızlık hâlini,
Bakışı belki haşin, belki yumuşacıktı
Ve başında kokulu bir şapkaydı saçları,
Bunları hayâl etmek bile mestetti beni.

.

O asîl bedenini nasıl öper, severdim,
Serin ayaklarından saçlarına dek
Seni okşar, herşeyim yoluna fedâ, derdim.

.

Yeter ki, gözlerinden dökülen bir damla yaş
Gudubetler kraliçesi, karartsın yavaş yavaş
O soğuk gözlerini son ışık sönene dek!

KOKU

Kiliselerde günnük tohumunu
Veya miski ufacık torbadan,
Esrikçe ve yutarca, zaman zaman
Ey okurum kokladığın oldu mu?

·

Yanlışlardan arınmış bir geçmişte
Şimdi bizi büyüleyen bir yan var!
Âşık, tapılası beden üstünde
Nefis çiçekleri hatıradan toplar.

·

Canlı torba, odanın buhurdanı
Dalga dalga, esnek, ağır saçları
Vahşi, yaban bir hava yayıyordu,
İçine, saf billur gençliği sinen
İpek veya kadife giysisinden

·

Bir kürk kokusu yükseliyordu.

BÜTÜNÜYLE

Bu sabah yüksek tavanlı odamda
Şeytân ziyaretime geldi benim,
Aldatmak, düşürmek için tuzağa,
Dedi ki: "- Söyle, çok merak ettim,

·

Sevgilinin büyüsünü yaratan
Bütün güzel ve hoş şeyler içinde,
Cazibeli bedenini oluşturan
Siyah, pembe tüm nesneler içinde

·

Hangisi en tatlı sence?" -Ey Ruhum!
Cevapladın Şeytân'ı: "- Bu mümkün mü!

Hangisini sayayım, bilemiyorum,
Herşey onda geyikotudur çünkü.

•

Nasıl seçebilirim bir tekini,
Herşeyini beğeniyorsam eğer,
Işıl ışıl yanar şafak vakti gibi
Gece gibi beni teselli eder;

•

Nice araştırsam, incelesem ben,
Güçsüz çabalarım işe yaramaz,
Onun güzel bedenini yöneten
Nefis uyumun sırrına varamaz.

•

Ey tek içinde eriyip tek olan
Duyguların esrarlı değişimi!
Soluğudur mûsikiyi yaratan
Ve kokuyu yaratan onun sesi!"

BAYKUŞLAR

Garîb Tanrılar gibi baykuşlar
Karaservilerde dizi dizi,
Sessiz, düşünmeye koyulmuşlar,
Gözleri ok gibi, kırmızı.

•

Kımıldamadan duracak onlar,
Hüzün taşıyan saatlere dek,
Orda, ışığı sürgün ederek
Açılacak yoğun karanlıklar.

•

Baykuşlar bu haliyle bize der:
Hayat bazen de durgunluk ister
Kargaşadan, devinimden korkun;

．

İnsan bir tutkuyla şaşkınlaşır
Yer değiştirmek ister ve bunun
Yıllarca pişmanlığını taşır.

CENÂZE

Ağır ve karanlık bir gecede
Dîni bütün biri, medhe değer
Saygın gövdenisi bir mezbeleye
İyilik yapıp da gömerse eğer,

．

Sofu yıldızlar, göz kapaklarını
Kapayıp uykuya daldığı zaman,
Örümcek orada örücek ağını
Ve orada yavrulayacak yılan;

．

Lânetlenmiş başınızın üstünde
İşiteceksiniz bütün bir gece
Felâket uluyuşunu kurtların

．

Ve sıska büyücülerin sesini,
Yaşlıların şehvet iniltisini,
Tuzağını kara düzenbazların.

OLAĞANÜSTÜ BİR GRAVÜR

Bu garîb hayâletin bütün süsü, iskelet
Alnına gülünç bir şekilde kondurulmuş, bet
Ve ancak karnavallarda görülen korkunç bir taç
Ne koşum var, ne mahmuz, ne de elinde kırbaç,
Kıyamet günü kadar dehşet verici olan,
Burnundan, saralı gibi, salçalar saçılan
Hayalet atını sürüp dalıyor boşluğa,

Eziyorlar sonsuzu devingen bir toynakla.
Atının çiğnediği yığınlar üstünde, atlı
Gezdiriyor parlayan görkemli kılıcını,
Ve tıpkı, mülkünü denetleyen bir prens gibi
Geziyor, ufuksuz, soğuk ölüler ülkesini,
Ki, beyaz ve donuk bir güneşin ışıklarında
Eski ve yeni çağın halkları uyuyor orada.

LÂNETLENMİŞ KADINLAR

Çevirip gözlerini denizlerin ufkuna,
Dalgın bir sürü gibi sahilde uzanmışlar,
Ellerde, birbirini arayan ayaklarda
Tatlı halsizlikleri, ıztırablı gözyaşları var

•

Bir kısmı, uzun uzun günah çıkartmak için,
Gidiyor, derelerin şakıdığı koruda,
O çocuk yıllardaki korkulu aşkların
Kabuğunu ve yeşil fidanları oya oya;

•

Kimileri, Azîz Antonie'nin, düşlerinde
Çıplak, kızıl göğüslerin lavlar misâli
Fışkırdığını gördüğü kayalar içinde,
Yürüyor, rahibeler gibi, ağır ve ciddi;

•

Putperest mağaralarının oyuğunda, bir kısmı
Reçineleri akmış çıralar ışığında,
Azabları uyutan, ey Bachus!, yardımını
Bekliyorlar, uluyup ateşli arzularla!

•

Karıştırıp karanlık ormanda, gecelerde,
Acının gözyaşına arzunun köpüğünü
Bir kırbaç saklayarak uzun giysilerinde,
Keşiş yeleklerini seviyor bir bölüğü.

·

Yalnız gerçeğin dışında herşeyi küçümseyen
Erdenler! Canavarlar! Kurbanlar! Büyük canlar!
Şehvet çığlığı atan, pişmanlıkla inleyen
Sofular, yarı insan, yarı hayvan kadınlar!

·

Hazîn kızkardeşlerim, cehenneminize dek
İzledim hepinizi, perişan hâldesiniz,
Susuzluğunuz gibi acınız da dinmiyor,
Ölü aşk külleriyle dolu kalpleriniz!

LÉTHÉ
(yasaklanmış şiir)
Vahşi ve sağır ruh, gel kalbime, gel diyorum,
Tembel, miskin canavar, sen tapılası kaplan;
Şu titreyen parmaklarımı uzun zaman
Ağır, yoğun yelene daldırmak istiyorum;

·

Acılı, üzgün başımı usulca sokayım
Teninin kokusuyla dolu eteklerine,
Solgun bir çiçek gibi derinden derine
Pis kokan ölü aşkımı içime çekeyim.

·

Hayatdan çok uyumak istiyorum uyumak!
Kuşkulu bir uykuda, tatlı ölüm misali,
Vicdan azâbı duymadan öpücüklerimi
Bakır gibi cilalı güzel vücûduna yaymak.

·

Ancak senin yatağının uçurumu yutar
Şimdi artık dinmiş olan hıçkırıklarımı;
Senin ağzında unutuşun o güçlü tadı,
Léthé ırmağı öpüşlerin içinden akar.

●

Zevkin buyruklarına uymak, boynumun borcu,
Çünkü, kaderim alnıma peşin yazılmış böyle;
Ben, günahı körükleyip aşkın ateşiyle
Alevlendiren uysal kurban, ben masûm suçlu,

●

Dinsin diye bu acı, uyuşsun diye kinim
Yıllardır altında hiç kalb barındırmayan
Sivri göğüslerinin güzelim uçlarından
Kana kana baldıran zehrini içeceğim!

LESBOS

(yasaklanmış şiir)
Annesi sahnelerin, Yunan şehvetlerinin
Lesbos, sen de şen veya hüzünlü öpücükler,
Güneşler gibi sıcak, karpuzlar gibi serin,
Defneli gündüzleri ve geceleri süsler,
- Annesi sahnelerin, Yunan şehvetlerinin,

●

Lesbos, sen de öpüşler çağlayanlar gibidir,
Korkusuzca atılır dipsiz uçurumlara,
Koşar, hıçkırır, çoşar sarsıntılarla birbir,
- Fırtınalı, esrarlı, kaynaşıp durur orda;
Lesbos, sen de öpüşler çağlayanlar gibidir!

●

Lesbos, sende Phryné'ler birbirlerini sarar,
Sende iç çekişleri asla karşılıksız kalmaz,
Ve tıpkı Paphos gibi yıldızlar sana tapar

Sapho, ey Sapho! Venüs seni nasıl kıskanmaz!
Lesbos, sende Phryné'ler birbirlerini sarar,

·

Lesbos, sıcak ve hüzünlü gecelerin ülkesi,
Aynalarında kısır arzuları yansıtan,
Kızlar, gözleri çukur, sevdalı bedenleri,
Okşar erginliklerin yemişlerini her ân,
Lesbos, sıcak ve hüzünlü gecelerin ülkesi,

·

Varsın yaşlı Eflâtun, kısık sert gözle baksın;
Çoktan bağışlandın sen ateşli bûselerle,
Tatlı bir imparatorluk ve soylu bir topraksın,
Sonsuz inceliklerin ülkesi, kraliçe,
Varsın yaşlı Eflâtun, kısık sert gözle baksın;

·

Ölümsüz kurban zaten bağışlamıştı seni,
Göklerin kıyısında belli belirsiz yanan
Parlak gülüşün bizden uzaklara çektiği
O tutkulu, sevdalı yüreklere sunulan
Ölümsüz kurban zaten bağışlamıştı seni!

·

Hangi Tanrı yargılar, işten solmuş alnını,
Hangi Tanrı, hâkimin olmaya cür'et eder?
Denizlere döktüğün gözyaşı tufanını
Altın terazilerle tartmamışlarsa eğer?
Hangi Tanrı yargılar, işten solmuş alnını,

·

Bu kanûnların bizden istedikleri nedir?
Duyarlı, ince kızlar, gururu adaların,
Başka din gibi sizin dininiz de yücedir
Aşk, cennet, cehennemle alay edecek yarın!
Bu kanûnların bizden istedikleri nedir?

・

Lesbos beni kendine dost seçti şu dünyada,
Çiçekli kızlarımın esrarını şakı, dedi,
Çünkü çocukluğumdan beri, beni, yaşlarla
Islanmış gülüşlerin karanlığı besledi,
Lesbos beni kendine dost seçti şu dünyada,

・

Leucate tepelerinde beklerim yıllardır ben,
Hani gözcüler vardır, şaşmaz keskin gözleri,
Ufukta, uzaklarda şekilleri titreşen
Kadırgaları izler, o nöbetçiler gibi
Leucate tepelerinde beklerim yıllardır ben.

・

Denize, dalgalara bakarım uzun uzun,
Kayaları çınlatan hıçkırıklar içinde
Bir akşam tapılası cesedini Sapho'nun
Lesbos kıyılarına getirecek mi diye,
Denize, dalgalara bakarım uzun uzun,

・

Âşık ve şair Sapho, erce seven kalb,
Hâzîn solgunluğuyla Venüs'ten de güzel kız!
- Acılarla çizilmiş halkanın benek benek
Sardığı kara göze yenilmiş lacivert göz,
Âşık ve şair Sapho, erce seven kalb!

・

Venüs'ten de güzel kız! Venüs ki dünyamızda
Doğrulup, boşaltırdı berrak hazinesi
Ve kumral gençliğinin ışıklarını, hazla
O yaşlı okyanusun ayağına sererdi,
Venüs'ten de güzel kız, bu yalan dünyamızda!

・

O Sapho ki, ölmüştü sövgüyle, doğduğu ân,
Uydurulmuş inançla ve nice âyinlerle!
Bir gururki, zındığı bile cezalandıran,
Güzelim bedeneni çayır gibi sunmuştu bize,
O Sapho ki, ölmüştü sövgüyle, doğduğu ân,

•

Lesbos, yanıp yakınır nice çağlardan beri,
Ve kâinatın sunduğu o büyük azâmetlere
Aldırmaz, kıyıların gökyüzüne ittiği
Acının çığlığıyla sarhoş olur her gece.
Lesbos, yanıp yakınır nice çağlardan beri!

OMAYRA'YA
DEĞİNMEMEK ÇOK AYIP

Evvela şu *Omayra* ismine hamletmek istiyorum; bir **Omayra** var **Omayra Sánchez Garzón** veya **Omaira Sanchez**, 1972'de doğan ve Kasım 1985'te dünya hayatından ayrılan Kolombiyalı genç bir kız, bir kurban. 13 yaşında akıp gidiyor. Nevado del Ruiz volkanının lavları arasında, Armero Guayabal'da. 3 gün ateşli sularda mahkûm statüsünde hayat mücadelesi. 60 saatlik bir can çekişme dönemini takiben gelen ölüm; La trágica historia de **Omayra.**

Omayra veya *Omaira* ismi Arabî kökenli ve Türk diline *Humeyra, Umeyra* veya *Hümeyra* olarak girmiş durumda. Anlamı; 1. Beyaz veya pembe tenli kadın. 2. **Hz. Aişe**'nin lakabı. Güney ve Latin Amerika'da, İspanya ve Portekiz'de Arabî isimlerin kullanıldığını biliyoruz, *Fatima, Umar-Omar* gibi. **Omaira** onlardan biri.

Mungan'ın zihninin derinliklerinde başka hangi hikâyeler ve savaşlar var(dı) bilemem amma gırtlağına kadar balçığın içinde 3 gün 3 gece kan ve ter döken **Omayra**, *'Aşkım ölümün* sınırında Omayra / olduğun yerde kal kımıldama!' dizelerine ilhâm vermiş olsa gerek.

Şimdi geldim *Murathan Mungan*'ın **Omayra**'sına, baştan aşağı. Gidinin oğlu, yazmış ve kahrı ve ateşin içindeki **Omayra** herhâlde ve ancak bu kadar muhteşem yazılabilirdi. Tamamını aşağıya aldım.

Cevabı ömür süren bir soru bıraktım sana
Mendili kan kokan sevgili arkadaşım
Usta bakışların keşfettiği rahatlıkla arkama yaslandım
elimde şah mat yüzüğümde tek taş siyanür
adınla bulanan bir aşkın, bir maceranın
macerasında
yolun sonunu söylüyordu
günahkâr iki melek olan sağdıçlarım

Al birkaç bulutlu sözcük
atlasını sırtında taşıyan çalınmış bir zaman
mekik, taflan, kar kesatı bir iklim
aşk mı, macera mı dersin bu uzun seferberlik
bu ilişkinin topografyasını
mezhepler tarihinden bulup çıkardım
adanan boynunda o gümüş zincir
bilmiyorsun arması sallanıyor ucunda
işte yazgının kara zırhlısı!
Kork! kutsal kitaplardaki kadar kork!
Çünkü hiçtir bütün duygular
Korkunun verimi yanında

Benim ruhum nehirler kadar derin!
Kızıl kısraklar gibi üstümden geçeceksin!

Arı bir sessizlik duruyor
şiddetimizin armaları arasındaki uzaklıkta
gövdenin demir çekirdeği
kalkan teninin altında
sana okunaksız bana saydam giz
içindeki uğultunun izini sürüyorum
bir açıklığa taşıyorum ele vermez yerlerini
harabeler diriliyor
heykeller tamamlanıyor
kendi kehânetinden büyülenmiş gözlerimin önünde
başka çağlara gidip geliyoruz
aşk tanrısı için
seviştiğimiz ve uyuduğumuz sahillerde
aşkın kaplan ve yılan düğümüyle

Öpüyorum seni boynundaki yaradan
iniyorum kaynağına
aydınlanmamış yanların ışığa çıkıyor
dokunuşlarımın parıltısında
düğümlü mendilin, gümüş zincirin
sımsıkı mühürlendiğin bütün kilitler
çözülüyor avuçlarımda

Tılsım tamamlanıyor
ortaçağ kentlerinden geçiyoruz dönüşte
indiğim kaynakların mezhep değiştiriyor
zamanın ve uzamın kilitlendiği
                    kara kutuda benim kelimelerim
tılsım tamamlanıyor
dudaklarımdan sızan erkek sütünün kara büyüsüyle
sevgilim oluyorsun
uyuyor ve yıkanıyoruz ay ışığında

bakıyorum güneş iniyor yüzünün alacakaranlığına

Adın yoktu tanıştığımızda
eksiğini de duymadık
bazen bir rüzgârı, bazen birkaç zeytini
adının yerine kullandık

Adın yoktu tanıştığımızda
sonra da olmadı
çünkü başka biri oldun zamanla

Şimdi adın var
şimdi ruhumun sislere sarılı derinlikleri
yükseliyor ve tehdit ediyor
kıstırılmış varlığımın bütün cephelerini
yüzümün pususunda geziyor
sularda bilenmiş bıçaklar
uyandırılmış acılarım, bulanmış sarnıcım
etimle ruhum arasında çelişen ilke
geri döndü bana
kendi ellerimle kurduğum kara büyüden
içimdeki tarih bitti
siliyorum bir aşkı var eden her ayrıntıdaki parmak izlerini
ve şimdi adın var
ve şimdi
ikimizin vaktinde
intikam saati geldi

Omayra, bu adı verdim sana
ve mevsimleri bütün anlamlarıyla
iki çakılına bir deniz vereyim
hayallerine mavi buğday

dokuz yaşamın olsun tek tek öldüreyim
esmer ve çırılçıplak bir gecede
bütün düşmanların gelecek
koynumdaki cenazene

Seni saran efsane çürüyüp toprağa karışırken
kucağımda başın
gümüş bir tarakla tarayacağım saçlarını
kendi enkazımın üstünde
kurtlar, çakallar gibi uluyarak ağlayacağım acıdan
öldürerek yaşatacağım seni kendimde

Ocağın parıltısıyla aydınlanan yüzün
gücünden habersiz sakin gülüşün
kamçılıyor içimdeki bütün köleleri
ben ki hileli bir oyun,
birkaç kırık zar
ve kara muskalı tılsımlarla
almışken seni kaderinden, kıyasıya bağlamışken kendime
asıl sen tutsak etmişsin beni
dünyaya kapalı kapıların ardındaki
içi boş sessizliğine

sığlığın, sevgisizliğin
o sonsuz kendiliğindenliğin
dünyanın sana değmeyen yerleri
nasıl da çekici yapıyor seni
o kadar bağlandım ki
tutkusuz bedenine
ya öldüreceğim seni
ya tunç çağından heykeller indireceğim dökümüne

Sayıklayan bir ağaç gibiyim Omayra
uğultusu geliyor ta derinden
gövdemin geçtiği masalların
içimdeki deprem ayakta tutuyor beni
geri dönüp vuruyor çalınmış zaman
bak sana korkaklığımı veriyorum
var olmanın bütün varoşlarından
ben yenildim, işte silahlarım
tılsım tamamlandı
sonuna geldim çizgilerini sildiğim
bir büyük haritanın
aşkım ölümün sınırında Omayra
olduğun yerde kal kımıldama!

Taflan diyor yani *Prunus laurocerasus* yine yani *kara yemiş,*
gül diyor aslında kara bir gül, Rosa Nera veya ve nadiren kara
kiraz, Lazkirazı, Lazüzümü, Gürcü kirazı, Hindkirazı, Cherry
Laurel, Lauriercerise, Mongo, Monguer ... *Erik, kiraz, gül, defne,*
dermân, siyâh ve hepsi. Farsʼa nazaran alma, elma... Kımıldamı-
yor, kımıldıyorum...

 Ece Ayhan Çağlar geçti bu ruyâ âleminden, *Mısrayım* ve
herhâlde *Mitsraim* diyerek.
MISRAYIM
Kaçtığı bilinmeyen bir ülkesinde
                    cinler padişahının, bir yeniyetme.
Değiştirmiştir adını, saçlarını kazıtmıştır.
Soğuk bir tabanca yastığının altında, uyuyabilir ancak.
 Bir yelek giymiştir dimi; kuşbilime çalışır,
omuzunda simurg kuşu, eskiden ötermiş.

Bir tehlikeye yaslanmıştır; uçurtma uçurur, yüzlüğü düşmüş.
Yakalanır ming izleyicilere, bileği incecik.
Bir kılıçla keserler kirpiklerini uzun.
Kırarlar eklemlerini, pantolonunu
            sıyırıp gümüş bir şamdana oturturlar,
ziftle boğarlar teknede, damgalarlar.

Uçsuz bucaksız kucağındadır barbar anasının, bir yeniyetme.
Büyük bir alınla karşılar ölümü de, alkışlayarak karşılar;
unutbeni mavisinden bir yelkenliye binmiştir.
Hamsin yelleri eser Mısrâyim›den, kırk gün.
Saçlarını uzatmıştır, yalnızlığı sever.

İsmet Özel'e kendi şâheseriyle sövüp geçiyorum;

Celladıma Gülümserken
Celladıma Gülümserken Çektirdiğim
Resmin Arkasındaki Satırla

Ben İsmet Özel, şair, kırk yaşında.
Her şey ben yaşarken oldu, bunu bilsin insanlar
ben yaşarken koptu tufan
ben yaşarken yeni baştan yaratıldı kainat
her şeyi gördüm içim rahat
gök yarıldı, çamura can verildi
linç edilmem için artık bütün deliller elde
kazandım nefretini fahişelerin
lanet ediyor bana bakireler de.
Sözlerim var köprüleri geçirmez
kimseyi ateşten korumaz kelimelerim
kılıçsızım, saygım kalmadı buğday saplarına
uçtum ama uçuşum

radarlarla izlendi
gayret ettim ve sövdüm
bu da geçti polis kayıtlarına.

Haytanın biriyim ben, bunu bilsin insanlar
ruhumun peşindedir zaptiyeler ve maliye
kara ruhlu der bana görevini aksatmayan kim varsa
laboratuvarda çalışanlara sorarsanız
ruhum sahte
evi Nepal'de kalmış
Slovakyalı salyangozdur ruhum
sınıfları doğrudan geçip
gerçekleri gören gençlerin gözünde.

Acaba kim bilen doğrusunu? Hattâ ben
kıyı bucak kaçıran ben ruhumu
sanki ne anlıyorum?
Ola ki
şeytana satacak kadar bile bende ondan yok.
Telaş içinde kendime bir devlet sırrı beğeniyorum
çünkü bu, ruhum olmasa da saklanacak bir şeydir
devlet sırrıyla birlikte insanın
sinematografik bir hayatı olabilir
o kibar çevrelerden gizli batakhanelere
yolculuklar, lokantalar, kır gezmeleri
ve sonunda estetik bir
idam belki!
Evet, evet ruhu olmak
bütün bunları sağlayamaz insana.
Doğruysa bu yargı
bu sonuç
bu çıkarsama

neden peki her şeyi bulandırıyor
ertelenen bir konferans
geç kalkan bir otobüs?
Milli şefin treni niçin beyaz?
Ruslar neden yürüyorlar Berlin'e?
Ne saçma! Ne budalaca!
Dört İncil'den Yuhanna'yı
tercih edişim niye?
Ben oysa
herkes gibi
herkesin ortasında
burada, bu istasyonda, bu siyah
paltolu casusun eşliğinde
en okunaklı çehremle bekliyorum
oyundan çıkmıyorum
korkuyorum sıram geçer
biletim yanar diye
önümde bir yığın açalya
bir sürü çarkıfelek
gergin çenekli cesetleriyle
önümde binlerce çiçek
korkuyorum sıra sende
sen de başla ve bitir diyecek.
Yo, hayır
yapamaz bunu, yapmasın bana dünya
söyleyin
aynada iskeletini
görmeye kadar varan kaç
kaç kişi var şunun şurasında?

Gelin
bir pazarlık yapalım sizinle ey insanlar!

Bana kötü
bana terkettiğiniz düşünceleri verin
o vazgeçtiğiniz günler, eski yanlışlarınız
ah, ne aptalmışım dediğiniz zamanlar
onları verin, yakınmalarınızı
artık gülmeye değer bulmadığınız şakalar
ben aştım onları dediğiniz ne varsa
bunda üzülecek ne var dediğiniz neyse onlar
boşa çıkmış çabalar, bozuk niyetleriniz
içinizde kırık dökük, yoksul, yabansı
verin bana
verin taammüden işlediğiniz suçları da.
Bedelinde biliyorum size çek
yazmam yakışık almaz
bunca kaybolmuş talan
parayla ölçülür mü ya?

Bakın ben, bir çok tuhaf
marifetimin yanısıra
ilginç ödeme yolları bulabilen biriyim
üstüme yoktur ödeme hususunda
sözün gelişi
üyesi olduğunuz dernek toplantısında
bir söyleve ne dersiniz?
Bir söylev: Büyük İnsanlık İdeali hakkında!
Yahut adınıza bir çekiliş düzenleyebilirim
kazanana vertigolar, nostaljiler
karasevdalar çıkar.
Yapılsın adil pazarlık
yapılsın yapılacaksa
işte koydum işlemeyi düşündüğüm suçları
sizin geçmiş hatalarınız karşısına.

Ne yapsam
döl saçan her rüzgârın
vebası bende kalacak
varsın bende biriksin
durgun suyun sayhası
yumuşatmayı bilen ateş
öğüt sahibi toprak
nasıl olsa geri verecek
benim kılıcımı.

Şiirin zor adamlarından biri olarak *Guillaume Apollinaire*'e çok kısaca dokunup geçmek istiyorum

Hususen **Zone** (Bölge) şiiri üzerine tahlil ve yine tahlil diyesim geliyor. *İlhan Berk* çevirisini beğeniyorum.

Eski Dünya derler ya Fransız edebiyat adamları – *La Monde Ancien* – isterseniz sonsuzu da ekleyin – *éternel* birçok şairi ve edebiyatçıyı çok yordu ve hattâ bu kahır çoğunu öldürdü.

Bir şiirde konu bir şehir olduğunda orada ister istemez Eski Dünya'ya bir biçimde uzanılır, oradan yardım istenir. Mesela *Yahya Kemal*, Istanbul'u ne kadar da müthiş anlatmıştır;

Sana dün bir tepeden baktım azîz Istanbul!

Şair 7 tepeden birinden bakıyor sevgide üstün tutulan Istanbul'a, demek ki Roma ve Yunan dönemleri unutulmuyor;

Roma şehri de aynı Istanbul gibi 7 tepeli, sayabilirim; bunlar **Septimontium** (Yedi Tepe) bayramının da konusudurlar:

Aventinus, Caelius, Capitolium, Esquilinus, Palatinus, Quirinalis, Viminalis.

Bu tepelerin (*Epta Lofos*) Istanbul'da karşılıkları var herhâlde; Topkapı Sarayı tepesi, Çemberlitaş tepesi, Bayezid tepesi, Fatih tepesi, Yavuz Selim tepesi, Edirnekapı tepesi, Kocamustafapaşa tepesi.

Tevfik Fikret (Sis), NFK, Orhan Veli ve birçok şair Istanbul'u uzun uzun anlatırlar.

Apollinaire'e geri dönersek; geleneksele, klasiğe kapalı olduğundan değil de, kendi şiirine biraz olsun yeniyi, moderni getirmek istemiştir. Amma velakin gizlemediği hiçbir şey kalmamış desek yeridir. Dîni dıştalaması mümkün değildir; 7. Mısraında *Seul en Europe tu n'es pas antique ô Christianisme* der – *Bir sen, ey Hristiyanlık, bir sen eski değilsin Avrupa'da.* Hristiyanlığı Avrupa'da dimdik ayakta ve yepyeni bir ruh olarak görüyor. Bak işte burada, Hristiyanlık'la moderniteyi birbirine bağlamaktadır onun açısından, Hristiyanlık bu materyalist dünyada sürdürülebilir olması gereken yegâne değerdir, yoksa insanlık batacaktır. Aynı *Apollinaire*'in kuvvetli bir Hristiyan imânı olup olmadığını tam bilemiyoruz ancak '*pratiquant*' (dînin emirlerini yerine getiren) biri olmadığı çok aşikâr, *messe*'lere (âyinlere) gittiği pek hatırlanmıyor. Kendisinin, **j'ai honte d'entrer dans une église, car je ne suis pas réellement croyant** – *bir kiliseye girmekten utanırım zira hakikatte inançlı değilim* dediği rivayet olunur.

Yeni bir estetik mi?

3. mısrada Eiffel kulesinin ihtişamına (ve tarihselliğine) vurgu vardır: **Tu en as assez de vivre dans l'antiquité grecque et romaine** – *Bıktın yaşamaktan antik Yunan'da ve Roma'da.*

2. mısrada **Bergère ô tour Eiffel le troupeau des ponts bêle ce matin** – *Çoban kızı (Berivan) ey Eiffel kulesi, köprülerin sürüsü*

meliyor bu sabah demektedir. Seine nehri üzerindeki köprülerin yayları koyunların sırtlarını hatırlatmaktadır.

Anlaşılacağı üzere metafor net; Eiffel kulesi Seine üzerine dizilmiş olan köprülerin arasında yükseliyor ve onları yönetiyor; koyun sırtlı köprülerin demir gövdeli çobanı.

Bu şiir 1912 yılının yazında, *Apollinaire*'in *Marie Laurencin*'den ayrılma sürecinde birleştirildi. Bu şiirlere *Alcools* (Alkoller) adının verilmesinin altında da güçlü bir ihtimalle bu ayrılık yatıyor. Hem bir *Apollinaire* hayranı, hem de bir büyük şair olan *Blaise Cendrars*'ın '*Les Pâques à New York – New York'ta Paskalya*' şiiri için, *Apollinaire* uzmanı M. *Décaudin, bu Cendrars şiiri aslında Apollinaire'in Alkoller eserinin tamamlanmış hâlidir* diyor.

Eser evvela 1912 yılında *Les Soirées de Paris*'de, *Cri* (Çığlık) başlığıyla yayınlandı. Burada *Edward Munch*'un 1893 tarihli aynı isimli tablosunu hatırlayalım. Bu esere daha sonra **Zone** ismini vermesinin sebebi ise her türlü noktalama ve vurguyu ortadan kaldırıp geniş bir alan oluşturmaktı.

Daha ilk mısradan itibaren *Apollinaire*, eskiden yeniye (moderne) doğru yürümekte olduğunun işaretini vermektedir:

A la fin tu es las de ce monde ancien – Nihayet bu ihtiyar dünyadan yoruldun veya *sonunda canına tak etti bu eski dünya.*

Belki de eski bir usûl olan Alexandrin'i terk edip serbest vezne geçişi anlatıyordu.

Hemen akabinde, yukarıda bir açıklama getirdğimiz Eiffel kulesine geçiyor:

Hakikaten de, evaze elbisesi, etrafındaki metalik dantelleriyle Eiffel kulesi bir çoban kızını andırır.

Devamında sırtları koyunların sırtlarını andıran köprülerden bahsediyor. Burada, koyun iğretilemesiyle örtüşen şeyden köprü mü yoksa köprülerin üzerinden sürekli olarak geçen araçları mı kastettiği çok net değil. İhtimal ki, koyun sürülerininki gibi gürültüler çıkan araçlar ile koyunların melemesi arasında bir benzerlik kuruyor. 72. Mısraa baktığımızda *troupeaux d'autobus mugissants* – kükreyen otobüs sürüleri, bu ihtimalin iyice güçlendiğini düşünüyoruz.

III. BÖLÜM

AÇIKALIN HERZELİ MARİFETLERİ

YSATHS'E - Il était une fois; Maşiah marchait seul dans la boue noire

Dilimi kaşırken garîb bir cesaret
Sinsî bir ruzgâr tırmanır geceye
şeffâf bir el kilitler kapılarımı,
Comme un voleur de nuit cachant ce qu'il dérobe
Nâçâr, Beşir keser dilimi.

Ahrasım.

Şuur denen şey opak bir spathi
Yethsemani'de bekleyen her daim diler nefsimi,
yıllar divâne sahnemden puştça geçer
bî-hâlim eyleyemem, gece bana zifir kalır.

Lâlim.

Kadîm bir sefahattir soframda, nicedir
zeytun-u nalân ile bükemem efsaneleri,
Kürreler devirir Astarte'yi,
Anka'yım, harabeyim, tarih'im,
Dul'un plies cachés sahrasında.

Kufos'um.

Jeyân benden sorulur
Sorularına katil tornadlardan gayrı
Kimselerin sufle vermediği masumiyet katili!
Benden önce gerilmiş bütün çarmıhlar,
şu girdâb devrildiğinde,
çakılacağım, yivli pençelerimle.

стихотворение
Hakkı Açıkalın

-ŞUUR-
BİLİNÇALTI MAĞARALARININ MUCİZELERİ
Deli gömleğimi giydim
Frenk incirlerinin,
Kök usâreriyle buluştuğu
Sırça karanlıklar bataklığında.
Bir Sahra sırtlanı geldi ebrulî seccâdesiyle
Şimâl tarafıma,
Diken üzerine çizilmiş
 Bir harita ağzında.
Yirmibir parmaklı bir adam doğdu,
Santa Maria manastırının,
'Girilmez' ibâreli arka sofasında.

'Âb' aylarında, Abbatiale
bir umacı;
vetireler, su diyalektiği ve Bilinemezcilik üzerine
imbikten geçirdi eski yığınları.
Talikalar,
Yunus sırtı bir cenâze aracına eşlik ettiler.
Benekli tilkiler, Yılkı atları, Oklu kirpiler,
'Ben' ve Tundralar,
galîz kahkahalara şâhid olduk,
havuç tatlıları eşliğinde.
Çıyan yüzlü bir kadının,
Çatallı dili sıyırdı,
kuyruklu tabak artıklarını.
Neftî bir Dağ karanfili piç verdi Pây-i taht'ta.
İspermeçetlerin âile meclislerinde,
faîli aşk olan, lirik bir dram yaşandı.
Dişi damaklarda, 16'lı tarihlere farklı atıflar yapıldı.
Bir onulmaz alışkanlık yarattı,
Düztaban cemaatlerin soğuk bedenlerinde,
Cadı külâhlıların musibetleri.
Zıvanada kalanları,
Sadâret ısırıklı orospular öğüttü.
Âkil olmayanların Üst-Ben'lerini kanattı
Melekût'ta büyüyen çocuklar,
görünmez parmaklar dokundu,
titreşen aynaların sırrına.
Tekinsiz platin ormanlarının esrâr dolu anaları,
Peri yuvalarında sakladı dikbaşlı gölgeleri,
Eski Takvimci rahîbeler misâli,
Çavuşkuşları, Anka kılığına girip,
Ay ışığında Haram avına çıktılar.
Alevlere devrildi birer birer,

Ökselere yakalanan ihtiyar oduncular.
Sorguçlu bir ejder gürledi,
Metruk hamam kurnalarında.
Beyaz bir deve ıhtı ayrık otlarının bilinmez âtîlerine.
Bir Bedevî,
Sevgilisine şiir okudu:
«Hünkâr sefâ'm,
Elleri gözlüm,
Karakalem eskizler çizdirdi bana,
Yanılgılı sevgiler.
Tâlî balığım.
Sen,
Âkıbeti iki taş olanlar kadar keskin,
Kıymet kadar kul,
Hilda kadar bî-habersin.
Acem kedim, Nafia'm,
Aquamarin fanusun tarantulası.
Elmas yürekleri dağlıyor,
Turunç yokuşlar,
Saklambaç oynayan deniz kestâneleri
İnfaz fermanları çıkartıyor
Kükürt bakışlı kerrakeler için.
Bir boynuz kama saplanıyor
Tereddüt bahçesine ahâlinin.
Bellek yitiyor, yıkılıyor külliyât,
Savrulup gidiyoruz güvendiğimiz dağlardan».
Künhünü muiz şecereler avuttu,
Zehirli belâların,
Paraketemize takıldı küskün bir kaşalot,
Etamin işlendi kanlı kasnağa,
Seyr-ü sefer emri çıktı
Erimiş saatler dâiresinden.

Öfke,
Istavroz çıkaran yılan yastıklarının altından
kaydı gitti.
Gothik konakların sundurmalarında,
Zor doğumlar yaptı
Afyon yutmuş martılar.
Nemli bir örümcek sırtı,
Gözünü aldı kavimlerin.
Kadük olmuş Sekoyalar,
bir daha geçtiler feleğin çemberinden,
bir daha ıslanıp kurudular,
Harbiler yivlere dokundu
Ve
Sur'a üfürüldü bir Cumartesi.
Bir Vaşak öldü Gâvur deresinde,
Haşyet perdeleri yırtıldı halkın,
Âdem haşroldu,
Sıretlere şerhler yazıldı,
Umman toprağa aktı.
Anti-madde çerçileri dirildiler
Planktonlar kabristanındaki lahitlerinden.
Taş balıklarına bastı hınzır tıynetli ahlatlar
Davudî bir vâveyla koptu Arz'ın merkezinden!

1992

GÜN GELECEK...

Gün gelecek gülüm
Hind incirleri de isyân edecekler
Kan geldikçe burnundan zâlimin
Pamuk elmalarının gözleri gülecek
Bir deli Yemen hançeri gibi saplandığında
Yüreğine gidinin kahbelerinin

Dilimiz
Seyreyle vâveylayı
Alnını elinin tersiyle silen
Yiğit kızlar
Tükürdüğünde suratına Vefâ
Kara meleğin
Duyulacak mavi naralar
Tan ağartılarında,
Göğüs hizâlarından gömülen akbedenler
Kıyama durduğunda Ben-i İdris
Yerine gelecek keyfi
Şehidân'ın ve tarla kuşlarının
Sen,
Sen var ya
Bir pençe-i şîr oldun
Alçağın kokuşmuş gövdesinde
Ve bir canhırâş beste
Burnumuzun direğinde
Gün gelecek gülüm
Dikenler batacak yığınların avuçlarına
Namussuz,
Sulta durup saklanacak hatıranın ardına
İsmin kesecek gırtlağını
Buz kesmiş lâin'in

2002

NÜDEM SEMÂLARI
Sinler kazıldı fontanelle seviyesinde
Haz makamlarının olgun keşişleri
Yedi saf oldular,
La Clandestina mağarasının şakayık dehlizlerinde
Üç kız havalandı

Alâim-i Semâ tayflarından
Kuşluk vaktinde
Şeffâf mâbedler belirdi
Ellerinde yeşil-kırmızı meş'âleler
'Ya basta' diye bağırdı
taba renkli, somon coğrafyalı kadın
ebrulî bir çığlık duyuldu
Kara Koncoloz fırtınasından evvel
Mırra içen Kürd fâzıllarının
Ilık hançerelerinden.
İspinozlar perde arkalarına saklandılar.
Tâze galsemeler dolaştı
Ayakaltlarında
Lahutî gecelerde
Ense köklerinde ıştın ve ada soğanlarıyla
Giryan kaynattı asîl Ruhlar.
Alnıma,
Altın tasmalı bir cinnet lekesi düştü
NÛ-DEM SEMÂLARI'NDAN
Safir bir aşk zerresi,
Heyyulâ kuzgunlarına yem oldu,
Sırra kadem bastı
Arz-ı Mev'ud,
Artık beşinci Mevsim'di.

1998

İLGİLİ MAKÂMA ARZ

La Traviata ve Bernarda Alba,
birlikte imzâ attılar karakuşî bir iğfâle.
Yarasalar âleminde,
Bir sabaha karşı,
Bir oniri,

Üç karabaş papaz boğazlamış,
Manastır'ın cümle kapısında.
Kuşluk vakti,
Helyum orduları,
Kayası parçalarına tutunmuş
Şakak kemiklerinin.
Şafakta,
Zanaatkârların aşk ağılları
Terketmiş şehri.
Mesimeri;
Zerdali kakları kaplamış
Mecnun deryâsının Kuzey sâhillerini.
Apoyevma;
Asparagas haberler yayılmış ihtiraslar üzerine.
Şevv çöktüğünde;
Vacib-ül Vûcûd tipisi kaplamış Dimağ çatılarını
Salât-ı Vitir'i müteâkib.
ARZEDERİM…

06. 08. 1997

PEMBE DUVARLI KIZ

Aba,
Bir sitemkâra yakılmış
Samatyalı bağçevan'ın taş duvarlarında mukîm.
Küçük işte, eğleniyor:
'Hakkı, Hakkı
dolmayı kaptı
üç mum yaktı
seyrine baktı' gibisinden.
Öbürü de Entomoloji kitabım nerede havalarında
Biraz daha Ayva tüylü, ebem kuşaklı delimsek
Esved azıcık.

Gőzűm hep Minerva'da, Hermine'de.
Durmadan yeni bir tirad atıyorum ziftin űstűne,
Ağır ezgi, fıstıkî makâm.
Bir apalak iniyor Gök perdelerinin arasından
Cibril'in kucağında, herkes ona bakmada.
Katran saçlı kıza,
Nohut kahveleri ve havuç tatlıları eşliğinde
'Aranjuez konçertosu'nu seslendiriyorum.
Bir sakırga yaklaşıyor, eyvallahın var misâli
Âdem'in yűreğine, 'Dıle mın' diyorum, eyleme…

1993 / Istanbul

ABRAHAM'IN TÂBİRİ

Avram da derler…
Primattır, sen ben hesabı.
Azîz Konstantin mağarasında yaşar,
Yűzűnű serçe havzında yıkar ekseriya,
Kır sakallı,
Teheccűd kılar, rűyâ gőrűr, tâbir eder:
Nimetler vahaya, kűlfetler Ledűn'e,
Aqua Simplex Ceberrut'a ve biz heryere… deyip durur.
Bir perikızı vâsıl olur Dakianus devrine,
'Ey Zaman!' der
'Seni boğdum!
Kaygan yosunların,
Laminarya ekmeklerinin,
Bağırtlak kuşlarının kızıl gőğűslerinde,
Kara paçalı kız da peşinden…

1992

BAKLAVA DİLİMLERİ

Neftî bir dağ karanfili filizlenir
Rhesus'un pây-i taht'ında
Aakward otu biter
Meczubların yürütme merkezlerinde
Mim ve Be yeni mânâlar kazanır
Nüktedan mâbeyincibaşının
Âile meclisinde
Lirik bir dramdır âdetâ;
Bantu dillerine vâkıf İspermeçet balinaları
Azgınlık zamanlarında sükûn eder.
Hırs,
Vehim atını sürer
Bakabillah makâmına.
Pencere kenarında iki Afrika bülbülü
Düşer hasır seccâdeye.
Ölü kasvetlere ağlar
Teyyid edilmiş söğüt yaprakları,
Zehaba kapılır fâilleri Aşk'ın,
Kürre-i Arz Umman'a düşer
Baklava dilimli eyyâmın
Hől tavan arasından!

1993-Edirne

AB AYINDAN SONRA AŞK'A YÜKLENEN MANA

Sakın ola ki, Ab mâyî'dir denmeye!
Bambaşka bir vetiredir bu
Kadim tarih'e bir atıf, hoş bir tevâfuk.
Ortadoğu'nun esrik haritalarında saklı bir roman.
Anladım sanma bazı zahirleri, zahidleri
Tâ ki, takva çarkına takılana dek.
Bir histeridir

Dişi damaklarda Aşk tasallutu
Ab ayında bir gulyabani, bir topal sırtlan
Leyller boyu muttasıl bir ceydâ
Çığlık çığlığa bir pandûl.
Batınî bir elemle kaplanmış
Soğuk Cadı kûlâhlarında oturdum ben biteviyye,
Başsız dikilitaş sarkıtları battı gönlüme demâdem.
Bu Ab ayı,
Onulmaz bir alışkanlık husûle getirdi,
Ilık dûzeneklerinde dûztaban cemaatlerin.
Hayat,
Belh'ûm Âdaller fasitinde
Öğûtûr zıvanada kalanları
Sıra sana bir tûrlû gelmez sadâretten.
Ab ayında Aşk'a yûklenen mânâ,
Kanatır ûst-benlerini
Âkil olmayanların…

1990

İĞNE YAPRAKLI ÇAMLAR
Netâmeli bir Orman'ın
Mistik patikalarında yaşar Etz Haim
Esrâr, gölgeler ve dikbaşlılarla berâber.
Alagözlû bir höyûk ıslık çalar yatsıdan sonra
Saklambaç oynayan rahîbelerin ardından
Binbir gece topazı yanar kızıl sâlib mağarasında.
Harunîler'in cilbabları parlar
Ay ışığının altında
Envai tûrlû nûmayiş sökûn edip gelir;
Haram aylarının balmumları,
Anka kılığında çavuşkuşları,
Naturası bozuklar, Âraf kadroları.

Ökselere yakalanır yaşlı oduncular
Birer birer
Sorguçlu bir ejder gürler Ruh aynasından
Bir gümbürtü kopar
Metruk hamam kurnalarında,
Kubbe çöker, Ay şak olur dörde.
Basralı bir kevâşe ikiz kız doğurur
«İkra', bismirabbikellezi halak»
nidâsı gelir underground âlemden,
nutku tutulur benekli tilkilerin, Yılkı atlarının
Hatm-i Hâcegân'a başlar
Dişi toygarlar
Nuş edüb, Hırahman olur kediotları
Ellerinde ibret kandilleri
Safa durur peykerân
Besler tavrını, bilinmez gecelerin
İğneli Çamlar!

1991-Istanbul

MART'TA KARA KALEM ESKİZLER

Bilmeliydin ki cicim,
Bu Hünkâr sefâları başına iş açacak.
Ne Yetkin, ne Green pub,
ne Molla'nın kırmızı arabası
karakalem eskizler çizdirebilirlerdi sana.
Şahs-ı münhasırına,
Hatıra defterlerinin Pagoda güzelini,
Yanılgılı bir Aşk'ı ve tâlî bir balığı sipariş ettim.
İşim düştüğünde canlı maymun lokantasına,
Ali Paşa'ya, Baküs'e, La Fuite'e
Umurumda olmaz Beyti'li günler, hayâl kahveleri, Hidiv'ler
Ne de Rom'lu dondurmalar, Pandeli'ler ve Zındânlar.

Bir deli at donu kadar seyyâl,
çömez çulu kadar mâsumdur
mefluç kumralın sabit bakışları.
Fesleğen saksılarına ekerim,
Kul hakkını ve orta kademe kıymetleri,
Karakter aktörleri misâli.
Ru-i Didâr iner Arş'tan,
Bî-haberken ben Hilda'dan, ifnâ'dan ve
Palanga münzevîlerinden.
Sen, ey hâkî yüzgeçli şerefyâb,
Acem kedisi, halka küpeli muharrik,
NAFİA!
Sakın galiz heceler yazma,
Montevideo iskorpitlerinin
Aquamarin fanuslarına!..

1982-Aralık / Istanbul

YTTERBIUM

Bir Ara varlık statüsü gelmiş
Akşam postasıyla
Kanete erketeleri havalandırmalarda,
Sarsmışlar derinden hâzirunu.
Erbâin fırtınaları şimâl-cenub hattında,
kederle yıkamışlar elmas yürekleri.
Portakal yokuşları ve fıstıklı köşkler kalmış
İhtiyâr papazların hatıralarında.
Selen tedavisi başlanmış mübtelâ bir sâbî'ye
Ampütasyon davaları açılmış hakkımızda
'Kün' emri gelmiş,
Pulsarlar'ın köşe kapmaca oynadığı kara dut yollarından
Göğsü kızıl kuşları,
Deniz kestanelerine sığınmış,

Câzibeler műcverci kadına,
Eros da kűkűrte.
Bir ferman çıkmış Sam Yeli tahtından,
tam da faleze yuvarlandığında sevâhilim.
Amud-u fıkarî'den yakalanan yığın,
Asla itimâd etmemiş
Sahte 'ifşâ makâm'ına.
Ağaç saplı bir kama saplanmış,
Sihirli Ruh sinemasının vőlur koltuklarına,
Zâkir bir yılan girmiş,
Tereddűt bahçesine.

1994-Istanbul

AKANTOSİS

Kan çanaklarında sunuldu deve tabanları,
Kuyruksokumlarında
Habis şikâyetler var Lemurlar'ın
Kusur tarlalarına fettan kadın tohumları atıldı.
Altı boğumlu erkek akrebler sızdılar
Melek hanımın arka bahçesine gűpegűndűz.
Ortanca ve kasımpatı toplamada
Hurma hatlı tavuslar.
Merâgî'nin Sırlar kitabına gizlenmiş,
Tahrib-i Harâbat ve Ruh-u Âzâm.
İnikas yeleleri savrulmuş Konstantin deresinden.
Ve devamla,
Baobaplar'ın gőz yuvarlarında kahhâr bir ifade belirmiş,
Sekoyalar çağrılmış
Bűyűk eylem adamlarının illegal toplantısına
Elif, lam, mim dibâcesiyle girilmiş mevzua,
Gőztaşı akıtılmış seyyâlelerin rahmine,
Kavuniçi bir Âlî çıkmış heybetli kűrsűye,

Çelik nihâlenin yanına kıvrılmış zarif kuyruklar
Bir Kaşmir'e sarınmış arık militanlar,
Bir top kar erimiş, ayalarında Mecdelli Meryem'in
Mâden halita olmuş kıskanç bir esmerin ensesinde,
Farbalalar, ince oyalar ve nakkaş hemhâl olup
Ahir vakit'te inmişler
Kum tepelerinin ortasına.

1995-Istanbul

YOK MU?

Yok mu bir Kerberos,
Bir ısırgan, bir yalaz, dinmez bir Ruh?
Yok mu bir Âl-i Cengiz sonatı, bir katekulli
Bir kara Char ki, binip gidelim yeryüzüne?
Var mı bir cıva kırbaç, bir gűrz, bir topuz,
Bir ihlâl, izmihlâl?
Var ki, ahlâk kasabından bir kara haber,
Çıkmış yola kűfűr katırları, ağulu kelerler,
Agalar, paşalar…
Varsa yeni bir paradigma, bir műntâkim adam,
illâ ki, vardır orada bir tecelli, bir faros,
Ve bir burnu sűrtűlen, bir kambur.
Yok eğer, gafil bir ahlat ağacından
Bekleniyorsa medet ve de istihzâdan
O hâlde zannedilmesin ki,
Virâneler ve taallukatı kalır yanına,
Sicil őlűr o dem,
Yıkılır kűlliyat,
Savrulur iskandiller,
Hantal őfkeler, yitik mal,
Ve mercan dilli matbuat.

1998 - Komotini

MEN AREFE NEFSEHU FAKAT AREFE RABBEHU

Nasıl bir belâsın ki,
Deniz şakayıkları avutur künhünü
Anemonlar tarar saçlarını
Muiz şecereler koşar ardından
İnfiâl,
Arş'a sığınır
Kediler bir canla kurtulur.
Sıbyan mekteblerinde açar,
İris çiçekleri
Ve,
Hâlden sorar katafalk nöbetçileri.
Bir kesif duman sarar,
Tavuk karası aplikleri,
Sarsılır küçük tilkinin kuyruğu
Kızıl bir hezeyânla.
Nasıl bir belâsın ki,
Ebâbiller secdeye durur,
Lodos yazılı bir duvarın önünde,
Aks-ül âmel pabuçlar,
Dolanır paraketeye,
Amber kusar kaşalotlar,
Etamin takılır kanlı kasnağa,
Seyr-ü sefer emirleri çıkar
Janos ve Attila'nın kursağından,
Erimiş saatler çalar,
Kalküta iskelelerinde,
Istavroz çıkarır kapı komşuları.
Öfke,
Kayar ayaklarımın altından.
Nasıl bir belâsın ki,
Âdem elmaları parçalanır,

Kayıb dünyâların.
Eytâm sırra kadem basar,
Kenân idrârında boğulur,
Ecnebî eteneler kucaklar,
Yılan gözlü servileri.
Ben,
Zor doğumlar yaparım,
Gothik konakların sundurmalarında,
Senin haberin bile olmaz...

1997-Athina

BİR BENEKLİ KURT ŞİİRİ

Kızıl kışlara boğulduğunda Maple Sirope
Aşk, kaba kuyruklu bir benekli kurttur.
San'âttan düşmüş bir ihtiyâr bekler yolda,
Tammuz efendilerinin kara kadehlerini.
Zarafet kasları ve kadın çoraplarıyla yakalanır,
Sağ ayağını tuzağa kaptıran alatav ergen.
Aks'i suya düştüğünde bir bakirenin,
'El'ân Kemâkan' diye haykırır Zaman.
Ebrulî bir aynaya saklanır Apatsza,
Bir fahişe, yıkar ayaklarını Ayazma'da.
Gün gelir, devrilir idoller,
Ayaklanır ifşaat, şerbetli topuğundan.
Somon dudaklarından öpüldüğünde,
Bir Jericho gülünün,
Kopar vaveylası yitik kumların,
Hazine dairesinde, sivri dillerin.
Kudurur, samyelinin yaladığı kayalar,
İhtiyâr ölür, dirilir bir deli vaşak.
Neden, yalnız genç kızlar zeytin sağar,
Diye hayıflanır palikar.

Sübyancılar, onaltı yaşında bir Macar kızının,
Yüreğini çıkarır St. Paul kuyusundan.
Kudas'a oturulur, eslah kuşanılır,
Ve,
Hayat etini satar Rades banliyösünde.
Altun'dan bir ustura keser işaret parmağını,
Muhterîs bir karadulun.
Duha vakti,
Tahiyatta yakalanır,
Güzeller güzeli bir cadu.
İncil Kilisesi'ne sığınır,
Gece kalpazan, gündüz puşt.
Ayyuka çıkar bir kedi,
İntikam gelir dayanır kapısına,
Kızıl göğüsli bir benekli kurdun...

2001-Komotini

FUSHSIA
Bir yalım ağrı demliyor ekâbir,
Hariçte Kara Koncolos fırtınası,
Nemli bir örümcek sırtı,
Ter damlaları kulak memelerinde Yâr'in...
Uğraşıp duruyor,
Hasıraltı etmek içun,
Kâhin oltalarını...
Havada asılı kalan bir hesab kokusu var,
Conquistadores marşının sesleri geliyor,
Belli belirsiz,
La Paz belediye bandosu çalıyor gibi...
Tütsülü tuzaklarla dolu asfalt,
Seyyâl bedenler akıp gidiyor bir bir,
Sağda solda afyon yutmuş martılar,

Yack'lar ve kavmler uykuda,
Tik gölgelerinde...
Feleğin çemberinde,
Vira Mayna sedâları,
Kadük haritalarda kıpırdanmalar,
El Hayy'ül Kayyum ve
Ya zül celâl-i ve'l ikrâm...
Yalnız, Oklu kirpiler dinamik ve sevişmedeler,
Dehr'in gölgesi altında seçilebilen şey,
Gözüne çıyan damlayan cariyeler.
Herşey ayniyle vâkî alacalı mağarada,
Her dava görüşülmede...
Alla Franca süitler çekiliyor Paşalimanı'na,
Telkin verilirken mevtaya.
Ve Hayat canına kıyıyor,
Tel Atlasları'nda...

1997-Selânik

BEDENE SIZAN UTANÇ

Iştınlı arayışlar var
Yuvalardan çekilmiş harbiler sağda solda
Suver-i Hayâl ikliminde her Cumartesi,
Kehf kıyâmda
Ve göğüs hizâsında Hind İnciri
Altı parmaklı doğan kız
Büyümüş Santa Lucia Yetimhânesi'nda
Eyvâh
Karakulak ölmüş Gâvur deresinde
Ol ânda haşyet perdesi açılmış,
İsketeler, peçeli bahrîler ve toygarlar,
Utangaç yalı çapkınları hep bir ağızdan...
Tilâvet vakti gelip çattı,

Cizvitler irkildi, cesetler çürüdü ve,
Şerhler yazıldı sıretlere.
Kollar yıkandı dirseklere kadar,
Umman berre aktı,
Ökselere yakalandı ikinci el sahtiyanlar...
Anti-madde çerçileri dolaştı,
Plankton kabristanında ve,
Taş balıklarına bastı hınzır tıynetli,
Hırnap aromalı yaban kedileri.
Sen,
Deli gömleğim,
Utanca saklanan vücûd,
Sen,
Dokumacı kuşu,
Yarın yırtılacak bir sahife,
Muhasebe defterinden...

1997-Komotini

LAQAYDİ

Lakaydi festivalindeyiz,
Uşşak makâmında bir şarkı mırıldanıyor
Ayrık otları
Süryânî Kilisesi'nin,
Beyaz zambaklı bağçesinde,
Aida operası
Ve Neşideler Neşidesi...
Haçlı bir tabutta,
Aynaya bakan bir kohen,
Kara safralar vecd hâlinde inâdına...
Bir yangın,
Kahr yağmurlarıyla berâber
Lakaydi festivalinde

1997-Komotini

ŞUBAT AFSUNLARI-6 (EL'ÂN KEMÂKAN)

Fjord soğukluğu düştü yüreğime
Yarasalar ayakta
Mirmigolar başaşağı
Nedir zulüm?
Nedâmet ne ola ki?
Aside kokuları mı Rebi-ül Âhir'de gelen,
Azab ocağında kaynayan Hanımelili bağçeden
Altun tasmalı bir ispari mi
Sert damak mı
Mütereddit bir güve mi
Ruh'umu yiyip bitiren
Bir diken mi
Batan çeşm-i bülbüľe
Kum saatleri mi
Sırça sarayıma göz dikenler
Kimdir üşüşenler hilâfıma
Arpa suları mı
Vakum gözlü mâlar mı
Ekose kıvrımlı whisky tâcirleri mi
Kim bu âyine geç kalan
Günahkâr kadın mı
Ölümün arbaleti mi
Helezonî ejder mi
Kırmızı libaslı olan kim
Hazret-i Fahr-i Kâinât mı
Bakır artizanlar mı
Ağzımıza gelen yürek mi
Ve'l hıfz-u lisân
Selâmet-ül insan...

1999-Zakinthos adası

UQAB

Bir vatansız Uqab gördü düşünde
Ağzında bir taş
Ve bir simurg yumurtası ayağının dibinde
Bir melankoli göz akında,
Bir dakrios burun kanatlarında
Vira Bismillah sadâsı
İmân tahtasında Pervasız'ın!
Muhabbet tellâlının silueti bozdu sessizliği,
Avucunda belirdi çapraz bir duygu, Mukadderat'ın.
Fütûrlar yerli yerinde
Tefekkürde Melanuryalar
Kaygı yok, korku da
Az sayıda irkilmeler
Bir imge belli belirsiz
Selmân-ı Fârisî!
Geçici bir hayret Gabes pazarında
Sonra,
Yüksek perde bir çığlık
Destuuur ve peydâ olan ıslak yılan
Kürre-i Arz üzerinde ne var ne yok,
Ürpermede
Ok sadaktan çıkmış,
Kan işemede atlar
Nice tavırsız varlık,
'Ya Hû' nidâlarıyla katıldılar hengâmeye
laciverd takkeli kuş bezirgânı hariç,
o sükûtta
navlun ödenmiş velâkin süvârî lakayd
ruyâ devâm etmede;
kızıl damarlı mermer blok,
ummanda, Remli sevâhilinde...

merak, kaygı, telâş ve yazgı,
alındı mermer, deryâdan,
okundu yazı:
Kilisenin sağ tarafına!
Kırmızı gözlü kara kedi
Beyaz suretli sâbî
Ağlamaklı sînelerle çöreklenmedeler
İkindi'nin farzına
'Teqbiiir' diye bağırdı yakut ferâceli esmer,
Eyvaah, eyvâh ki ne eyvâh,
Yaşlı zâhid
Ekliptik, saptı yatağından
Cenâzenin destân hânesine 'Hatun' yazıldı
Musalla tuz buz oldu,
Rimbaud göründü, saf bağlarken
Atala iki büklüm
İki kızkardeş, ardı ardına
Bıraktılar kendilerini,
Lânetli fenerden aşağı
Gece gehenna'ya kaldı
Çöpçüler safir göğüsleri süpürdü
'Tebbet yedâ' fısıltıları arasında
hayat, bir Kara büyü formunda,
sekti Halîl'in kahvesinden
baldırıçıplak sığırcıklar kanatlandı
fukaranın zihin yüzeyinden
gurnada yıkandı
üçüncü derece yanık müptezel
çiğ süt emmiş nice hayâsız
sökün ettiler yeşil-gri eteklerden
ellerde kudret narları
ayaz kuru, ayak çıplak

yatsıyı müteâkib başladı hararetli tartışmalar
herkesin pabucu ters,
Adâlet dayandı kapıya
Sabır küheylânının üzerinde
Hızır kılıcını çekti,
Yere yığıldı kibir
Fahişe çekildi huzurdan
Hediğinin izinden bî-haber
Zümrüdî nâlânın üzerinden uçuldu
Hayatsız bedenler,
anlaşılmaz sesler çıkardılar
perde indi mânâ katmanından
kapandı kafa-kol makası
uyanıldı bir rüyâdan
bir uqab, sarı sırtlı kertenkelelerin refâkatinde
çıktı divâna
gereği düşünüldü
kimimiz Cidde'ye savrulduk,
kimimiz Olympos'a,
kampana çalındı Kıble cihetinden,
yeni bir ölüme yattık, yeni bir kâbusa...

Bucarest – Eylül 1996

BİR AŞK VAK'ÂSI
Kırmızı tomurcukla başlar bazı aşk öyküleri
Yeşil usâreler, safran, zerdeçal
ve ahududu simyâlarıyla dâim olur
Sinâmeki, Hatmi, a priori derken
Yarı kanlı etler, hazlar ve kıyleler
Katılır alâyişe
Nemli esrâr, gri serzenişler, hodbinler
Günü yenile ağaran

Parafin gözlü levreklerin peşine takılır
Sofrasında, nihâleden gayrı
Hiçbirşey bulunmayan
Incalız toplayıcıları, ıştın tüccârları.
Ve ıstarnacılar
Matbaa amelelerinin, gassalların ve sakkaların
Gizemli aşklarını beslerler biteviyye.
Elyesa'yı, minyatürcüleri, Bahira'yı,
Haddehâneler'in sümüklü ve cılız eytâmını
Satrapları, Surp Agop Kilisesi'nin önünden geçenleri
Dehlizlerde karşılar kayabalığı aşkları.
Hâleli ahtapotların, sarı asmanın, Ta-Ha suresinin,
Zembilli Âlî Efendi'nin, mavi gözlü kara kedinin,
Âmâların, ehl-i vecd'in, katastrofun, pavuryanın,
Aywazowsky'nin, pençe-i şir'in ve hurufîlerin
Şuuraltlarının hülâsası aslında birer
Kızıl-Yeşil ve tuhaf aşk öyküsüdür.
Mezârları kadınların,
Göğüslerine kadar derindir
Ve başları kıbleye dönük.
İfşâ ve fâş, yosma ve fahişe,
Esztergom papazları, Goliath ve Karkinos eklipsi,
Mavi Rus kedilerinin boyunlarındaki gerdanlık
Ve tüm zamandışı kâtiller,
Başaşağı gömerler Maktûller'i,
Aksine geleneğin.
Kiraz dudaklı militan,
Kuşlama yapar Mevlânakapı'daki Alewî mahallesinde.
Hâlden bilmez bir mah-rû,
Pusu kurar Kuzey'den gelenlere.
Kader'in bekâreti bozulur üçüncü gözde.
Varıldığında Sidre-i Müntehâ'ya

Çıkar ok yaydan.

Aşk,

Yakasında bir dünyâ malı olduğu hâlde

Akıp gider,

Pardali bir tilkinin yelesinden aşağı.

Lekesiz Horoz üç defâ öter gece boyu

Ve sabah olduğunda baladları duyulur,

Asılı kalanların Araf'ta.

Sedir cini okur fermânı,

Karar sâbittir;

Artık muhammaraları,

Tâdeler yoğuracaktır gözyaşlarıyla.

Aşk akîm kalır,

Litotomi masasında ve o dem,

Her yan kızılca kıyâmet, sahtiyan ve Ave Maria'dır.

Empathiler, kömür kentlerin pastoral senfonileri,

Prelüdler, çomaklar, karabiber yaprakları,

Dinginliklerin kaza neticesi ölümü,

Sühâ ve Hacc Farizâsı,

Şeyh ile Orospu, vefâ, yengi, özlek ve

Balık gözüyle aşk retorikleri yağar,

Kaliyl tarafıma.

Kızıl tomurcuklarla başlayan aşk öykülerinin

Bilinmeyen bir tayfı mavidir,

Diğer yanı ise yalamuk.

Miâra vurulduğunda 'Sahne-i Şuhud',

Çöker carton-pierre tavan ve,

Kırılır kahbe çark...

1997-Athina

WREATH of CHİVALRY *bir daha*
Biri gelmede zifirin içinden hayâl meyâl
Alnının ortasında parlak ve zehirli bir safir,
Üzengiler böğrünü deşmede doru atların,
Gece ziyâsında.
Hamr ile karışık hâller esiyor,
Fâtih sokaklar arasında
Sürreel avcı kuşlar,
Nereden geleceği mechûl darbelere bilenmedeler.
Endişeye narh konmuş,
Gökten yağan taşlar pişiriliyor kazanlarda
Şaşkınlık ve bir tutam gizem bitkisi
Yürüyorlar,
Altlarına serilen kırmızı halıda
Destânsı bir hayâletin kollarında,
Ruhunu teslîm ediyor mısralar
Konu bütünlüğü yok,
Örse dokunanların sağ ellerinde
Haram ve tâde etler mezâtta ve izinsiz
Herşey, bir fırsat mesâfesinde
Alatav bir toprakta döllenmede
Kanlı divâneler
Azgın ve pervâsız yaban köpekleri,
Üşüşmüş bir leşin başına,
Üşüştüğü gibi lolitaların göğüs uçlarına,
Kart zamparaların
Zemin akmada ve salınımda Dehr
Beklemede zevâhir
Ve perde, laceverd bir lekeyle inmede
Çalı dikenlerinin üzerine...

Athina, 1998

NOYAN TAPAN *bir daha*

Acı ilençler mâbedi burası,
Sızlanan zangoçları, sırçadan kampanalarıyla...
Ham ruhların uğrağı,
Livani yerine pedavra kokuları.
Herbirinin ağzında bir sultanî üzüm dânesi,
Yarını kurgulamaktır kayguları.
Hepsi bir kuzgun,
Hepsinin ağzında bir Merlan...
Peri kızlarına serbest,
Gıb ta ve suyun dinamiği...
Bedenleri saran samur kürkler arasından bir ses:
Ars Longa Vita Brevis!
Terzi Kası'nın mânâsı,
Dulavratotu yoncaları ve negatif evren,
Iskarmozları küpeşte dışında kalan,
Cümle mevcûdat,
Hemzemin geçitlerde paramparça...
Mezmur hâlâ klandesten,
Namus tütsüsü hep sıcak,
Ve Mercanköşk dâim kaynamada,
Münevverler kahvesinde...
Kolay anlaşılmayan bir geometridir aslında,
Noyan Tapak,
Bir tavus teleği kadar manifest olsa da,
Nesil aşılmaz bir kargaşada,
Bir eczâ kavanozunda,
Kökler ve esrâr güvertede,
Bir Hacer ve dört feyyâz adam,
Halat örmedeler Raphael adasında...

Patra - 1999

DEHR YALINAYAK

Kudret narları dağıtan Roman kızı soğukta yalınayak
«Ayrılık yarı ölmekmiş" nâmeleri gelince
bir hünsanın tavan arasından
kulak kesilir
sızar stalagmitlerin kucağından
ruhumuza, annemin ve benim
La Luna devri kapanmıştır İtalya'da
zaman üst damaktan iner
Huşû ile titreşir cevrler
dekadans işareti alındığında
Ahadiyyet ve Vahdaniyyet arasındaki fark
diye başlar tartışma
Cağaloğlu kahvehânesinde
Beyaz yüzlü kadın susar
Ey mihrimah! Ey sürûrum
nidâlarına çevrildiğinde ısınır
Ayân olan, sarkaçtır
gün yine biter, vakit yine ihânet eder ve, Dehr o dehrdir hep.

2000

LYNX VE CEVAPLAR *üçüncü tekrar*

Duvarlar üzerinde yürüdüğünde bir bakire
Tek başına
Ve, bir çift yılan seviştiğinde
Karakulak ormanlarında
Ân gelmiş demektir,
suçun ne kadar büyük olursa olsun.
Ebrulî zehirlerle geldiğinde bir haile
yalnız başına
Ve, göz herşeyi gördüğünde

183

Karanlık odalarda
Ân mutlaka gelmiştir,
Cezâsı kâle alınmaz
Esrârkeş tekkelerinde gecelediğinde dişi bir deve
Ecinnilerle beraber
Ve, aşk herşeye kâdir olduğunda
Şeytân'ın yüreğinde
Ân o ândır
Tuzatükürenler dolaştığında ruh aynamızda
Cinsiyetsizlerle kolkola
Ve, çatladığında eflâk, kaprisinden
Anka'nın kuyruğunda
Dehr o dehr'dir
Elf-i Sânî indiğinde sandukalarla Arş'tan
Kanatlarıyla Mukarreb'in
Ve, taş dibe vurduğunda ağır ağır
Semâ'nın koynunda
Ân gelmiştir, tutulmaz
Kevâşeler seyre daldığında kuytuları
Amber ve misk uçuşmalarıyla
Ve, döndüğünde oklar geri
Çalparalar eşliğinde
Şüphesiz Zaman tamamdır
Âyât sardığında zemini, hesapsız sualsiz
Ensemizde titremelerle
Ve, kanlı etamin devrildiğinde
Avuçlardan aşağı
İşte o ân
Kedi görünür Azman'da...

2001

HAREM AĞASI MESRÛR'UN ŞİİRİ;

Asrın akıp gitmesine müsade mi edeceksin?
O asr ki, onu orada gördüğünde, beni ağırlığının altında ezer
Sen ki, bir arslan,
Beni kurtlara yem mi edeceksin?

Kim ki susamıştır, seni kuşatan denizleri,
içmekten gayrı bir hesabı olmaz;
Ve ben, senin koruduğun ben, yağmurla yüklü bulut
Susuzluğumu sonsuza mı taşıyacağım?

2007

ÂNI YAŞAYAN BİR FAHİŞE TANIRIM

İsmi Sard ve Halkidonalı
Kızıl-kahve arası bir kewnperest'tir
Deniz ürünleri sever derinlerde ikâmet eder
Haberler getirir gâibden
Changeant'lı bir kadındır, terbiye bilmez
Uslûbsuzluğu arş'a dayanmıştır
Hemzemin bir ruhu,
yamaçlardan sarkan bir bedeni,
istemsiz direnişleri,
sırmalı kulakları vardır.
Anafia hastasıdır, dokunmayı bilmez
Kuyruklu pianoların mi'lerine
Prédestiné'dir, meyyâldir ölümlere
Klişelere bıçak sallamaya, hüs'meye
Hızmalar takar burnuna,
demiri sağa büker, kızdırır Leninistler'i
yağmur ormanlarında içgüdüyü görmüş,
işkencelerde kendini konuşturmuş,

babasına tavır koymuş, annesini pasif bulup
pasif agresif akrabalarını birer birer öldürmüştür.
Sard buz gibi bir yolda kaymış,
sağ patellasını kırmış, leng kalmış,
kimliksiz ve stopajdan muâf bir hayat
asude ve muztarîb
bi-emsâl ve kellesi elde sallanan
nâmlı bir eroin
Nemrud bir kadınmış.
Ben Nemrud'a bunca yakîn olmam
Deyu gürleyen nice şahânlar
Sol yarıküreleri
Hayâl görmez olmuş, uyanık,
düşmüşler yarlardan aşağı
Beri gelenler anlattılar, yüzünden
Zifte bulanmış kadının kâtilini
Arayan kolluğun çâresizliğini.
Kadını bile öldüren bir kâtil – dedi,
akar en acı sular gibi bütün hânelerin
sevişen temel yılanlarının göğüslerini yalayıp...

Moutier 2009

ZAAFIM SULAR, CİNNETİM DAMARLI
KIZIL MARMARA

eauë - su
tek heceli vahşettir, yatağımdan çıkmayan alçak
Elemens Krion et Humide.
Agua, Aygue, Languedoc
Aquae eluuialis eiectorium.
Summa aqua.
Suyun üstü,
Çıktı suyun yüzüne bütün devler ve dilimin altındaki ucûbeler ;

Aquula, küçük su ve zulûm
Ben;
Zehrini su'dan alan muktedîr kadın
Ay'dan, kurt'tan ve anasından şiddetle korkan
Refluxus Maris ve Aqua saliens ac procurrens.
Ben; isminin sebepinden ölen, Reses aqua
Frijid tıynetli adamların içinden perceuse gibi kayan Agua Elada
Bataklıklar, yağmurlar ve birbirlerine sarılıp ilâhîler okuyan,
nesebsiz zavallılar
Aqua lustrata, vel lustratoria, et expiatoria,
Diye başlarlar, sırtları kayalarda ve güvensiz
E rupe saliens, vel manans aqua saxosa.
Stillatitius rosarum liquor.
Chapelle'de kurdum bütün su'ya değgin hayâllerimi
Aquae in clibano liquaefactae duâlarıyla uğurladım cıwânları
kâfilelerle.
Kuyularda kaldığımda tâlim ettim şiir san'âtını
Yasef, Aqua quae non est haustus profundi.
Aqua puteanea, vel putealis.
Ne vardı Martinet'ler, beni de alıp çıkarsaydı makamlarına,
İhânetlerini bildiğim günlerdir San Pietro'ya saklanma eğilimim
Hydria.
Her yerlerde seni buldum, zulmet ve su.
En âlâ şarabı en doyumsuz suya karıştırmaktır benim vazifem
Miscere vinum aqua, et Miscere aquam vino.
Nedir bu? desem
Metafora;
Cinnetimi ve şehvetimi gemledim
Sarhoş bir arslanın Sahratullah'a sitemi misâli.
Adım mı?
Beste d'eaue, Bestia aquatilis, vel aquatica.

Moutier 2009

ÂFÂT'IN HYMNUS'U
Karanlık bir kadın gelir,
Bâtın'da bekleyenler arasından
Sert elleriyle teslim alır çocukları
Ve, oradan mezârlarına kadar götürür.
Büyük oyuncular, kerwan dışında değillerdir,
Mâlikânelerinin ardına saklansalar da.
Dekadans onları da yutar.
Tutar dirseklerinden ölüme doğru.
Duvarın tepesinden aşağı sarkar hayat,
Yüzünü şafağa çevirmiş
Bir bakire misâli,
Bağını koparmayı bekleyen kerubimdir,
Düşen şehri temâşa eden.
Yırtılır koza, uçar ruh,
Alnında asırların yalnızlık mührüyle,
Seremoni yasaktır
Sükûn gelip geçer.
Zihnin dehlizlerinden
Neşterin bıraktığı iz,
Parlar zifirde
Azîzenin lahdi kımıldar.

Lausanne 2006

Tilki ́ye Balad;
Camların arasında kararlı fısıltılar hâlindedir tilki
Hu-ân diyor, tekrar ve tekrar
İki siyah atın arasında, hırsızlık ne kolay
Koruk arıyor, nefes nefese
tam da zamanı, tut ve muhafaza et
yuva yolda, sahtiyan ve ciwan
tiranların yanında, kapının eğiğinde

Bedenler düştü, gittiler elden...
Cesur adam işitti olup biteni
kırık bir yağmur, kana batmış çul
Anne ve hafızadır akla gelen ve
bir siyah ruyâ
Oğlan yapayalnız, oğlan duvarsız...
Ve,
gecenin serin gölgeleri iş başında,
Kaçan bir asîl var hedefte şimdi,
zifiri bir asîl...
ricat, ricattır bu...
Ormandan geçip gitti ağır bir sızı,
kıyılara hiç temas etmeden,
tilki akıntıyla raksetti,
koştu kızıl bir cama, baktı maveraya...
Gardiyanlar karanlıkta temaşa ettiler
Ölümcül bir gaye sadır oldu
mil çekildi ayna
av tepeye kaldı, ay ışığına
Anne yoktu, Ay'ın vazgeçilmezi,
Kurt dahi yoktu...
Var olan küçük bir taştı, bir helke belki.
Yüreği Tilki'nin, kızıl-yeşil
ürkek bir baykuş, bas bir sesle,
minyon bir şövalye gibi
kesti leyli,
Uyanış erken oldu...
vahşî ve güzel bir kadın çıktı kandilden,
eflatun eldivenli, mağrur...
alnını elinin tersiyle sildi,
gitti gizem geldi büyü...
Olan biteni söyledi, sildi hafızaları,

yamacın görünmez yüzüne çekti tilkiyi
Ya Basta diye haykırdı tilki, yorgun ama dimdik,
kısa ânlar, kısa lahzalar
Annesine döndü, konuşmadı,
imânlı bir şehîdin sefere çıkışı gibi,
Bir Briton kızı gibi,
sapkaşını taktı,
kılıcını sarstı, başını kaldırdı
ardına hiç bakmadan gitti, asîlâne adımlarla...
Bir Arab atasözündeki gibi:
Ölülerin ardından ağlamayınız
zira ağlamak nefreti öldürür...
Tilki ağladı,
kimse görmedi,
ben gördüm...

2004

Bu kitabı, adını vermeyeceğim
büyük bir şairin kısa bir şiiriyle bitiriyorum.

Epilogos budur işte.
Je n'ai ni coursiers à la selle argentée
Ni revenus venant de je ne sais où
Je n'ai ni bien ni domaine
Je n'ai qu'un bol de miel
De miel couleur de flamme.
Mon miel et mon seul bien,
Contre toutes sortes d'insectes.
Je protège mon domaine et mon miel
C'est-à-dire mon bol de miel.
Patience, frère, patience
« Pourvu que tu aies le miel dans ton bol,
Son abeille viendra de Bagdad.